변장한
／축복

변장한 축복

초판 1쇄 인쇄 2020년 2월 17일
초판 1쇄 발행 2020년 2월 28일
지은이 박찬성
펴낸이 이방원
펴낸곳 세창미디어
출판신고 2013년 1월 4일 제312-2013-000002호
주소 03735 서울시 서대문구 경기대로 88 냉천빌딩 4층
전화 723-8660
팩스 720-4579
이메일 edit@sechangpub.co.kr
홈페이지 http://www.sechangpub.co.kr

ISBN 978-89-5586-584-4 03800

이 도서의 국립중앙도서관 출판시도서목록(CIP)은 서지정보유통지원시스템 홈페이지(http://seoji.nl.go.kr)와
국가자료공동목록시스템(http://www.nl.go.kr/kolisnet)에서 이용하실 수 있습니다. (CIP제어번호: CIP2020006224)

좌충우돌 동서남북 인생 이야기

박찬성 에세이

변장한 / 축복

세창미디어
MEDIA

차례 ～～～～～～～～～～～～～～～～～～～～～～～～～

　　　　은퇴 후, 허전해서였을까? 나는 가끔 나도 모르게 스마트폰의 메모
장에 검지 손가락만으로 자판을 두드리고 있는 나를 발견하곤 했다. 홀연
히 지난 시절 추억의 한 장면이 떠오를 때면 길을 걷다가도, 밥을 먹다가
도, 화장실에서도, 심지어는 태국 국립공원의 밀림 속에서도 나는 달아나
는 기억을 조급히 붙잡아 놓지 않으면 무슨 탈이라도 날 듯이 악착같이 메
모했다.

　　　　이 책은 나의 기억을 소재의 창고로, 스마트폰 메모장을 원고지 삼
아 쓴 글이다. 조용한 분위기만 되면 어디에서나 쓸 수 있었다. 이따금 정
신없이 스마트폰에 코를 박고 있는 나를 볼 때마다 아내는 사회적으로 유
명한 인사에도 못 끼는 사람이 무슨 자서전을 쓰느냐고 핀잔을 주곤 했다.
그럴 때마다 나는 자서전은 몰라도 자전 에세이는 꼭 유명한 사람이 아니

라도 쓸 수 있는 것이라고 슬쩍 받아넘겼다.

말이 좋아 자전 에세이지, 사실은 나의 신변잡기 중에서 재미있는 이야깃거리를 추려 실은 책에 불과하다. 그런데 놀라운 것은 내가 쓴 20여 편의 이야기를 읽으면서 나 자신을 재발견하게 되었다는 사실이다. 나는 내가 밋밋하고 평범한 인생을 살아온 줄 알았는데, 이야기를 통해서 본 나의 인생은 결코 단조롭지만은 않았던 듯하다. 간단치 않은 수많은 도전에 좌충우돌하던 나의 모습은 비록 돈키호테처럼 헛발질할 때도 있었지만, 삶에 대한 성실성을 보여 준 듯해서 그런대로 괜찮아 보였다.

여기 실린 모든 글은 먼저 고향, 대학, 직장 친구들, 그리고 사회에서 만난 지인들의 카톡방에 공유했다. 처음에는 평범한 한 개인의 이야기에 무슨 관심이나 있을까 하고 반신반의했지만, 붓을 든 필자를 부끄럽지 않게 하려고 해서였는지, 의외로 반응이 좋았다. 꾸민 이야기도 아닌데 재미있어 했다. 계속되는 연재 요청에 나는 안도했다.

나는 여기까지로 생각했다. 출판은 생각하지 않았다. 왜냐하면 글쓰기는 나의 전문 분야도 아니거니와, 나의 이야기가 일반 독자들과 공감할 수 있을까 하는 걱정 때문이었다. 그럼에도 나의 글을 출판해 보라는 전문 문필가들의 독려와 주위의 권유에 힘을 얻어 한발 더 나아가는 용기를 내 보기로 했다.

나의 변변치 않은 글을 카톡으로 보낼 때마다 찬찬히 읽고 격려의 추임새까지 잊지 않고 넣어 주신 한국경제신문의 이학영 논설실장과 60대에 조선일보 신춘문예로 등단하신 소설가 박찬순 누님의 격려는 가장 큰 힘이 되었다.

　　지난 1~2년간 카톡을 통해 나의 글을 읽어 주신 직장의 이너서클인 벽돌회, 종오비회, 삼금회, 이수회, 사월회, 대학 절친들의 모임인 비호회, 공칠래회, 둘목회, 그리고 고향 친구들 등 수백 명에 달하는 가까운 친구분들께서 보내 준 뜨거운 호응에 감사드린다.

　　마지막으로, 자랑스러울 것도 없는 우리 집 가정사를 공개할 수 있는 용기를 주시고 이번 출판을 독려해 주신 형님들께 감사드린다. 또 이 부족한 글이 세상 빛을 볼 수 있도록 책으로 엮어 주신 세창미디어 이방원 대표님과 이미선 님 외 모든 편집부 직원들께 진심으로 감사드린다.

2020년 2월

박찬성

(1)

〰〰〰 미련없이 일하고 싸웠다.

저자는 대학 시절 정비석의 에세이 『산정무한』을 영어로 번역해 '코리아타임스 번역 콘테스트'에서 대상을 수상한 경력을 갖고 있다. 하지만 그는 어려운 한국산업은행 공채시험에 합격해 쟁쟁한 금융 엘리트의 길을 걸었다. 은퇴 후에는 취미가 바둑과 골프라기에 나는 그가 이제 작가의 꿈을 다 버린 줄 알았다. 웬걸, 어느 날 그에게서 원고 뭉치가 날아왔고, 그 첫 장을 읽는 순간 나는 직감했다. 그의 가슴에는 아직도 글쟁이의 꿈이 보글보글 끓고 있음을.

그의 에세이에는 깊은 산골 소년으로서 수십 리 길을 걸어 학교에 다니던 고단했던 어린 시절의 스산한 풍경과 함께 코흘리개에게 살뜰한 보살핌을 베풀던 스승에 대한 지순한 정이 녹아 있고, 자식 많은 집안의 며느리로서 인고의 삶을 살다 간 어머니에 대한 절절한 그리움이 깃들어 있다. 친구들이나 회사 동료들과의 우정은 또 어떤가. 좌충우돌하며 때로 아슬아슬한 위기를 맞기도 하지만 언제나 슬기롭고 산처럼 듬직한 교우관계는 읽는 이에게 스릴과 함께 즐거움을 선사한다.

금융위기 때 해외에서 전문 경영인으로서 대처하는 모습은 때로 가슴 졸이게도 하고 때로 탄성을 자아내게도 한다. 그러나 더욱 새롭고 놀라운 것은 그가 어떤 장애물을 만났을 때 전문 지식과 지혜를 동원해 그것을 돌파해 가는 모습이었다. 생의 전선에서 미련 없이 일하고 싸웠던 한 인간의 글은 독자의 가슴을 울린다. 그것은 조금도 가감 없는 그의 진술한 생의 고백이자 생생한 금융 현장의 이야기이기 때문일 것이다.

2020년 2월
박찬순_소설가

(2)

'기억 속의 과거를 찾아 올라가는 오솔길'

　박찬성 선배님의 자전 에세이 본문 첫머리에 나오는 이 표현에 제 눈길이 한참을 머물렀습니다. 박 선배가 맛깔스러운 글로 풀어내신 '추억의 여행'을 함께하는 것은 큰 즐거움입니다.

　제가 박 선배를 처음 뵌 것은 1997년 가을 무렵, 뉴욕이었습니다. 맨해튼 다운타운 월스트리트에 우람하게 솟은 세계무역센터 81층 박 선배 집무실 풍경은 정말이지 환상적이었습니다. 한쪽 면을 장식한 통유리에서 망망대해 대서양과 우뚝 솟은 자유의 여신상을 한눈에 내려다볼 수 있었습니다. 내로라하는 세계 유수의 금융회사들이 집결한 월스트리트 한복판에서 국제금융시장 플레이어로 활약하시던 모습은 제게 선망의 대상이 아닐 수 없었습니다.

제게 박 선배는 결코 '촌자(村者)'가 아닙니다. 대한민국이 전쟁의 잿더미를 딛고 경제 대도약을 이뤄 내는 데 국책 개발 금융기관으로서 핵심 역할을 했던 한국산업은행에서 '현역'의 삶을 바치셨고, 특히 우리나라 최고의 엘리트들만이 모인 한국산업은행에서도 최정예 요원들에게만 근무 기회가 주어지는 월스트리트 주재원과 기관장까지 역임한 분입니다. 그러면서도 한없이 소탈하시고, 무엇보다도 인문적인 통찰력과 감수성을 갖추신 면모를 이 자전 에세이를 통해 다시 한번 확인합니다.

치열하게 걸어오신 인생 여정을 틈틈이 정리해 이야기를 다듬고, 그 이야기들을 통해 자신을 재발견해 낸 박 선배의 멋스러움에 존경을 표합니다.

"사람이 마음으로 자기의 길을 계획할지라도 그의 발걸음을 인도하시는 이는 여호와시니라"(잠언 16장 9절)는 말씀, 저도 깊이 새기겠습니다. 이 책이 박 선배와 형수님께서 앞으로의 인생 여정을 더 건강하고 활기차게 펼쳐 나가는 데 디딤돌이 되기를 응원합니다.

2020년 2월

이학영_한국경제신문 논설실장

(3)

순간순간 삶의 자락에서 느끼고 생각하고 가슴에 담았던 친구 박찬성의 자화상이 나의 자화상이기도 하고, 어쩌면 6070 세대의 자화상으로 대표될 수도 있지 않을까 하는 것은 너무 과장된 표현일까요?

유소년 시절 자연과 벗하며 사물을 보는 심미적 안목을 키우고, 중앙무대로 진출하여 치열한 경쟁을 통해 엘리트 코스를 거치며 나름의 자부심을 가질 정도의 삶을 살다가 어언 고희에 달하는 그의 삶의 여정은 한 편의 영화를 보는 것 같습니다.

친구의 삶의 이야기가 우리 필부필부의 가슴에 깊이 스며드는 것은 그의 상당히 수려한 필치의 덕이기도 하겠지만, 그것보다는 과감하고도 진솔한 실존적 자기표현이 있었기 때문이 아닐까 생각합니다.

1973년 같은 직장 동료로 연을 맺은 지 반세기 만에 처음 들어보는 놀라운 얘기도 많습니다. 삶의 마디마다 자기를 치열하게 성찰하고자 했던 친구의 삶의 자세와 그 결과물은 혹 이 책을 접하게 될지도 모를 젊은 세대에게는 역사의 거울이 되어 사명을 가진 자로서 성공한 인생을 살아가게 하는 도우미가 될 수도 있을 것 같습니다.

가끔 친구가 운전하는 차에 동승하여 운동하러 오가는 길에 진지하게 나누던 믿음의 근육을 키우는 문제에 관한 이야기는 여기에 기록되어 있지는 않지만, 우리의 영혼에 축적되어 많은 선한 열매를 맺게 할 것임을 확신합니다.

사랑하는 친구의 땀과 혼이 흠뻑 묻어 있는 삶의 기록장처럼 우리 모두 자신의 삶을 성찰함으로써 맑고 바른 사회를 이루어 나갔으면 하는 바람입니다.

2020년 2월
김창록_前 한국산업은행 총재

(4)

     이 책은 우리 세대 동년배들의 '사기열전(史記列傳)'이다. 지난 70여 년간 우리가 함께 걸어오면서 역사의 현장에서 부딪치고 고뇌했던 경험들이 한 걸출한 인물의 일대기 속에 고스란히 녹아 있기 때문이다.

     이 책은 두고두고 들여다볼 만한 '세밀화(細密畵)'이다. 매 꼭지의 이야기를 읽고 나면 우리의 머릿속에는 그 당시의 정황과 분위기가 세밀화처럼 정밀하게 그려지기 때문이다.

     이 책은 까마득히 잃어버렸던 그 옛날의 '향수(鄕愁)'이다. 나에게도 그런 시절이 있었지 하면서 아련한 추억을 떠올리게 하고, 또 나를 그곳으로 안내해 주기 때문이다.

     이 책은 이 시대를 사는 사람들의 대인 관계의 '지침서(指針書)'이다. 인생을 살아가면서 만나게 되는 수많은 사람과 어떻게 지내야 할지에 대

15

해 통찰력을 주는 책이기 때문이다.

나의 캠퍼스 친구, 박찬성 존형!

그는 탄탄한 전공 분야의 실력에다 특유의 친화력과 리더십을 겸비한 성공한 전문 경영인이다. 그뿐 아니라 그와 얘기해 보면, 어학, 바둑, 골프, 미술 등 다방면에서 전문가 수준의 일가견을 갖춘 팔방미인이다.

그는 지난 몇 년 동안 이 에세이를 쓰면서 이야기의 한 꼭지가 완성될 때마다 나에게 카톡으로 보내왔다. 그의 기억력은 경이로웠고, 글의 수준은 전문 작가 이상으로 보였다. 그래서 나는 그에게 여러 차례 출판을 권유했다.

이 에세이 초고 인쇄본을 받아 보았을 때 나는 출간을 권유하기를 참 잘했다는 생각이 들었다. 활자로 찍어 놓으니 모든 글이 살아 있는 듯한 느낌이며, 많은 것을 성찰하게 하는 훌륭한 저작임이 분명해 보인다.

우리 동년배들이 꼭 한번 읽어 보면 좋겠다. 그리고 40~50대 후배님들도 후반 인생을 설계하는 데 이 책이 참고 되었으면 하는 바람이다.

2020년 2월
천주욱_창의력연구소 이사장
前 삼성 싱가포르 지사장
前 CJ그룹 대표이사

1부

자연과 벗했던

청소년 시절

옛 언덕마을

나의 고향은,
경북 영주읍 고현리.

우리 동네 이름을
순우리말로 풀어 보면,
'옛 언덕마을'이지만,
사람들은 우리 마을을
'귀네'라고 불렀다.

내가 태어나서,
고등학교를 졸업할 때까지,

20년 가까이 몸 붙여 살았으니
나 같은 사람을 일컫는 말이
바로, 촌자(村者)일 것이다.

시원한 바람이 날라다 준
태소백산맥의 정기(精氣)와,
낙동강 최상류 서천(西川)의
청량수를 먹고 자랐던,
촌자의 20년간의 발자취를 더듬어 본다.

기억 속의 과거를 찾아 올라가는 오솔길은
늘 아름답다.

어린 시절의 수채화

    나의 고향 영주읍 고현리, 우리 집에서 신작로를 따라 등교하면 약 4km, 그러니까 왕복 약 20리 길을 나는 걸어서 영주국민학교에 다녔다. 비록 나지막하긴 했지만 조금 가까운 길로 질러 다닌다고 작은 산(평구재라 불렀다) 하나를 넘어서 다녔는데, 1학년 어린아이가 매일 걸어서 다니기엔 다소 힘든 코스였음에 틀림이 없다.

    내가 지금 하고자 하는 이야기는 지금으로부터 약 65년 전 까마득한 어린 시절의 일인지라 이야기가 자칫 겉돌 수 있으므로, 바로 이야기의 핵심으로 진입하기 위해 지금까지 누구에게도 발설하지 않았던 나의 작은 비밀을 털어놓고자 한다. 그러니까 어릴 적에는 누구에게도 나의 감정을 들키고 싶지 않아서 말하지 않았고, 커서는 이런 이야기를 뜬금없이 하기도 뭣해서 공개할 기회를 놓쳤던 비밀 한 가지를 처음부터 툭 털어놓고 가는 게 효과적일 것 같다.

그 비밀이란, 입학한 지 얼마 되지 않아서 내가 태어나서 처음으로 어머니 외에 한 여성을 좋아했다는 것이다. 사실 7살 어린아이가 매일 20리 길을 걸어서 학교에 다닌다는 것이 어찌 힘들지 않았으리오만, 나는 학교에 가고 싶었고 심지어 학교 가는 것이 즐겁기까지 했다. 왜냐하면, 나 혼자 좋아하던 담임 손경란 선생님이 계셨기 때문이었다.

1955년 1학년에 입학해서 교실에 들어선 선생님을 처음 보았을 때부터 그냥 좋았다. 나는 그토록 예쁜 여선생님, 아니 여자를 본 적도 없었거니와, 우리 반 아이들에게 친절하고 다정하게 대해 주는 선생님, 아니 그런 사람을 본 적이 없어서 혹시 별세계에서 온 사람이 아닌가 생각할 정도였다.

입학 초기 어느 날, 나는 선생님의 특별한 친절을 비록 짧은 시간이나마 독점적으로 향유해 볼 수 있었던 행운을 누렸으니, 그것은 오전반과 오후반을 착각해서 발생한 일이었다. 당시에는 오전반과 오후반이 부정기적으로 바뀌어서, 1학년 학생들에게는 충분히 혼선을 야기할 만도 했다.

나는 바로 옆집에 살던 친척이자 같은 반 친구인 찬구와 함께 오후반 수업을 한다고 학교에 갔는데, 우리 교실에 다른 반의 학생들이 공부하고 있었다. 어쩔 줄 몰라 서로 멍하니 쳐다보고 있던 순간, 손 선생님께서 나타나서 우리를 교무실로 데리고 가셨다.

혹시 야단치시는 건 아닐까 하는 생각에 우리는 잔뜩 주눅 들어 있었다. 그런데 의외로 선생님은 미소 가득한 얼굴로 처음 보는 맛있는 과자

를 주시면서 "친구들은 오전 수업을 마치고 돌아갔는데 어쩌지?" 하시더
니, "그럼 너희는 멀리서 왔으니 공부는 하고 가야지"라며 우리 둘을 앉혀
놓고 개인지도를 해 주셨다.

입학 첫날부터 좋아하는 선생님과 오붓이 같이 앉아 있다는 것이
그리 좋을 수 없었다. 즐겁게 공부를 마친 후 집으로 가면서 먹으라고 챙겨
주신 밤 몇 알을 들고 집으로 향하는 나의 발걸음은 날아갈 듯이 가벼웠다.

나의 옆자리에는 서울 말씨를 쓰는 김양근이라는 친구가 있었다.
그는 항상 내가 경계하는 라이벌이었다. 투박한 시골 사투리가 익숙한 나
에게 그의 서울 말씨는 무척 매력적이었는데 말이 마치 음악처럼 매끄럽
게 들렸다.

"신발 한 컬레가 뭐야? 켤레지!"

라고 똑 부러지게 표준말을 가르쳐 주던 그는 똑똑해서 인기 있는
급장이었던 데다 공부도 가장 잘했다. 그는 집안이 갑자기 어려워져서 아
버지를 따라 아무 연고도 없는 영주로 이사 내려오게 되었다는 사정 말고
는, 모든 면에서 나보다 뛰어나서 내가 부러워하던 모범생이기도 했다.

나는 선생님의 관심을 그에게 빼앗겨 버리는 건 아닐까 조바심이
들었지만, 이따금 나를 쳐다보는 선생님의 다정한 눈길은 변함이 없었다.

1학기 중반쯤, 나에게 대형 사고가 터졌다. 수업 시간 중에 나는 갑
자기 소변이 다급해졌고 참느라고 안절부절 못하는 나를 선생님께서 보시

고 화장실에 빨리 다녀오라고 교실 문을 열어 주셨다.

운동장 구석에 자리한 화장실까지 약 100미터를 나는 바지춤을 움켜쥐고 냅다 달렸고 도착하기 바로 직전에 그만 조그만 돌부리에 걸려 엎어지고 말았다. 재수 없게도 내가 넘어진 그 자리는 화장실 뒤편의 분뇨 저장 탱크가 차고 넘쳐서 흘러나온 오물이 마른 땅 위에 지도를 그려놓고 있던 곳이었다.

온몸이 오물과 악취로 뒤범벅되었다. 엎어진 채로 어찌할 바를 몰라 울고 있는 나를 일으켜 세워 주신 분은 언제 오셨는지 역시 손 선생님이었다. 너무 창피하고 부끄러웠다.

선생님은 나를 화장실 옆 옥외 수도 펌프로 데려가서 옷 입은 채로 대강 닦아 내 주신 후, (아마 학교 소사가 작업하던 곳이었던 듯한데) 허름한 가건물로 데려갔다. 큰 대야에 물을 떠다 주시고는 목욕을 하고 잠깐 기다리라고 하셨다. 잠시 후 나타나신 선생님의 손에는 멋진 새 옷 한 벌이 들려 있었다.

1955년은 전쟁이 끝난 직후라 나라 전체가 폐허가 되어 무척 살기 힘들었던 시절이었음은 나의 연배들은 잘 기억하실 터이다.

설빔으로 옷은 고사하고 그저 새 양말 한 켤레 얻어 신으면 좋아했던 시절, 섣달그믐 날 밤 큰 솥에 물을 데워 발등의 묵은 때를 벗기면서 설날 아침 새 양말 한번 신어 보는 기대로 마음이 설레던 그런 시절에 새 옷한 벌은 너무나 어마어마한 큰 사건이라 나는, "선생님 고맙습니다" 마저 입 밖에 내지 못하고 고개만 숙여 인사하고 집으로 왔다.

하지만 나는 단기 4288년(1955년이지만 당시는 단기를 썼다) 내가 입학하던 날, 멋진 새 옷을 입었다. 당시 우리 집 형편이 좀 괜찮았는지, 나는 새 옷을 입고 영주사진관에서 입학 기념사진 촬영까지 했다. 그때 입었던 비로드(벨벳) 재질과 비슷한 '우단' 옷은 시골 학교에서는 보기 쉽지 않은 고급 옷이었다.

영주국민학교 선생님으로 전근 오신 지 얼마 안 된 둘째 형님께서 서울에 다녀오시는 길에 백화점에서 사셨다는 그 옷은 명절 같은 특별한 날에만 입었다. 손 선생님께서 사 주신 옷도 역시 평상시에는 입어 볼 수 없는 옷이 될 것임은 분명했다.

여름방학은 도회지에서 공부하시는 형님들이 집으로 돌아오고, 동네 친구들과 산과 들로 그리고 동네 앞 개천에서 물놀이하며 마음껏 놀 수 있어서 무척 좋았다. 하지만 가끔 나도 모르게 마음 한구석이 허전했던 것은 아마 우리 선생님을 볼 수 없었기 때문이었던 듯하다.

드디어 방학이 끝나고 등교한 날, 선생님을 만난다는 설레는 마음으로 남보다 일찍 학교에 갔는데 선생님이 보이지 않았다. 말도 못하고 어슬렁거리며 교무실 안을 기웃거려 보았지만, 선생님을 찾을 수 없었다.

그런데 엉뚱하게도 수업 시간이 되자 교실에 나타난 분은 2학기부터 새로 담임을 맡게 되었다고 자신을 소개하신 이강분 선생님이었다. 아니, 손 선생님께 갑자기 무슨 일이 생긴 걸까? 왜 어디 가신다고 말씀도 없이 가셨을까? 나는 말은 못 하고 크게 낙심했다.

새 담임 선생님이 가르치시는 수업은 한마디도 귀에 들어오지 않았

입학하던 날, 새 옷을 입고 입학 기념사진 촬영.
날짜가 단기로 표기되었다.

1학년 봄소풍 날, 담임 손경란 선생님과 함께.

다. 이 선생님은 약간 마른 체구에 외모나 목소리가 모두 날카로워서 정을 붙일 수 없을 것 같다는 생각이 들었다. 더구나 교실에서 학생들을 야단치는 것을 보니, 말없이 떠나 버린 손 선생님이 더욱 그리워지면서 갑자기 학교에 다니기 싫어졌다.

그야말로 나에게는 사막을 지나는 것 같았던 2학기가 그럭저럭 끝나고 겨울방학이 막 시작되었을 무렵, 우리 학교 6학년 담임인 둘째 형님께서 약혼식을 한다는 얘기를 어르신들의 대화에서 우연히 들었다. 나의 기억에 할아버지는 약혼식을 면약(面約)이라고 하셨던 것 같다. 이 약혼은 우리 집의 개혼이니 경사였다.

신랑 신부와 양가의 어르신들만 참석하여 식사하는 자리인 만큼 나머지 가족들은 식이 끝나고 약혼 사진을 통해서만 신부의 얼굴을 볼 수가 있었다. 어떤 형수님일까, 나는 몹시 궁금했다.

며칠 후, 형님의 약혼 사진을 보았을 때, 너무 놀라 입이 다물어지지 않았던 것은 형님 옆자리에 다소곳이 앉아 있는 신부가 바로 내가 그리던 손경란 선생님이기 때문이었다. 가족들 앞에서는 놀란 표정을 감추고 짐짓 아무렇지 않은 척하고 있었지만, 나의 가슴은 두방망이질 치고 있었다.

맏형님이 사변통에 행방불명 된 이후, 둘째 형님이 우리 집의 장자가 되셨으니 손 선생님은 우리 집의 맏며느리로서 시조부모와 시부모하에서, 다섯 시동생의 뒷바라지까지 신경 써야 하는 막중한 역할을 맡게 되었다.

둘째 형님 내외가 신행(新行) 다녀오신 후 손 선생님께서 나를 보고 "도련님!"이라고 존댓말을 썼을 때, 처음에는 이상해서 얼굴을 붉혔지만 여러 번 듣고 나니 익숙해졌고 나중에는 으쓱 기분이 좋았다.

결혼과 함께 교사를 그만둔 형수님이 내가 2학년 때 학교로 오셨던 기억은 지금도 눈에 선하다. 그때 입으셨던 하얀 저고리와 온통 발그스레한 작은 벚꽃 무늬로 화사했던 나일론 치마는 얼마나 아름답던지! 형수님이 교실로 막내 시동생을 찾아와서 담임 선생님과 얘기를 나누실 때, 나는 친구들 앞에서 우쭐했다.

그러나 인생무상이라! 형수님은 안타깝게도 오래 수(壽)를 누리지 못하고 일찍 세상을 떠났다. 돌아가신 지 벌써 10여 년이 흘렀다. 노년의 형수님 모습보다는 고왔던 1학년 담임 시절의 손 선생님의 모습이 가끔 떠오르곤 한다. 홀로 외로워하셨던 둘째 형님도 얼마 뒤 형수님을 뒤따라가셨다.

철이 들고 나서 생각해 보니, 내가 국민학교 1학년 시절 두 분은 한창 밀애를 즐겼을 것이다. 또, 두 분의 결혼이 전격적으로 발표되었을 당시에는, 모르긴 해도 학교 전체가 떠들썩했을 것이다. 왜냐하면, 직장 내 결혼이 성사되기 위해서는 007 작전 이상의 특급 비밀 교제가 필수로 되어있었을 터이니까.

"두 분께서 열애 중이었기 때문이었을까, 손 선생님께서 나에게 특별히 잘해 주셨던 것이?"

명절 때나 집안 대소사로 고향에 내려갈 때면, 형수님께 이런 짓궂은 질문을 던져 보고 싶은 충동이 생기기도 했지만, 나는 끝끝내 유보했다. 미루어 짐작이 안 되는 바는 아니었지만, 구태여 확인해 보고 싶지 않았기 때문이었다.

　나에 대한 친절이 선생님의 곱고 순수한 마음에서 비롯됐을 것으로 믿고 싶었기 때문이기도 했고, 태어나서 입학할 때까지 집안에서 어머니 외에 여자라고는 구경하지 못한 막내가 바깥세상에 나가서 어머니 외에 따뜻한 정을 느꼈던 첫 여성에 대해 가졌던 존경심을 조금이라도 훼손시키고 싶지 않았기 때문이기도 했다.

어머니의 겨울

달빛마저 꽁꽁 얼어붙은 동짓달 밤에, 눈 쌓인 무섬댁 돌담길을 돌아 마실 가셨다가, 잠든 막내를 업고 귀갓길 서두르시는 엄마. 무릎 밑으로 파고드는 살을 에는 듯한 칼바람에도 어린 것 추울세라 연신 담요를 치키시며 내딛는 발소리.

그 뽀드득뽀드득하는 눈 밟는 소리에 선잠을 깬 막내의 눈에 언뜻 비친 그림자 하나, 우리를 계속 따라오는 하얀 눈 위에 너무도 선명하고 새까만 그림자 하나.

엄동설한 어머니 등에 업혀, 눈만 빼꼼히 내밀고 어머니 어깨 너머로 내려다보던 그 흑백 동영상의 이미지는, 나의 뇌리에 또렷이 스캔되어 저장되었다. 이것이 바로 나의 어머니에 대한 가장 오래된 기억이다.

서울고등학교 전신인 서울중학교 6학년 졸업반에 유학 중이던 맏아들이 혼자 객지에서 고생한다고 가족이 경북 영주에서 서울 마포에 집을 사서 이사 올라왔던 것이 1950년 봄이다. 하필 6.25전쟁이 발발하기 직전에 스스로 불구덩이를 찾아 올라온 격이었으니, 한 집안의 가정사로 볼 때 이런 불운이 또 있을까. 설상가상으로 전쟁 중에 맏아들을 잃어버리고 혼이 반쯤 나간 채, 부모님은 허둥지둥 남은 가족을 이끌고 피란 행렬을 따라 남쪽으로 내려갔다.

할아버지가 고향을 지키고 계셨기에 피신할 곳이 있었던 것만도 큰 다행이었다. 휴전되고 서울 집으로 복귀하려 했지만, 난리통에 누구의 농간인지 아버지도 모르게 마포집은 낯선 사람의 명의로 등기 이전되어 있었다. 이리하여 우리는 다시 고향 땅에 눌러앉을 수밖에 없었다. 이것이 불과 4~5년이라는 비교적 짧은 기간에 우리 집에 불어닥친 탁류(濁流)의 회오리이자 전쟁의 생채기였다.

서울 집 장만하느라 고향의 전답은 반으로 축나 버렸다. 가을이면 농자금 갚으랴 자식들 학자금 마련하랴 추수한 곡식을 장에 내다 팔고 나면, 대가족이 한 해 동안 먹고 살 식량을 걱정해야 했던 것이 부농이라 불리는 집안의 실상이었으니, 살림의 지혜를 짜내야 하는 일은 온전히 어머니의 몫이었다.

혼자 손으로 대가족을 건사하는 일 외에도, 시부모하에서 할아버지의 사랑방 문객들 술상 봐 드리고, 농번기에는 일꾼들 참 해 대는 일에, 다리가 성치 않은 막내를 위해 용한 의원을 찾아다니는 등 몸이 열 개라도 부족할 정도로 일복이 터진 대가족의 살림꾼이자 가지 많은 나무의 어머니였

31

지만, 힘든 일도 낙으로 삼으시며 넉넉히 잘 감당해 내신 우리 어머니였다.

젊은 시절 달덩이 같은 새댁으로 소문이 자자했던 부인과 남들이 부러워하는 아들 일곱을 두고도 아버지는 무엇이 부족하셨던 걸까? 1920년대 시골에서 서울 보성고보로 유학 중에 결혼하시자마자 학업을 그만두고, 고향에 내려와 금융조합에 다니며 한때 '인텔리'라는 말까지 들은 아버지는 어쩌다 범부의 상궤를 일탈하는 실수를 범하면서 어머니의 겨울은 시작되었다.

대문 밖 별채에 슬며시 들어앉힌 소실과 아랫 동서처럼 무던하게 한 부엌에서 밥을 지은 어머니의 그 도량은 도대체 어디서 나왔던 것일까? 용암보다 더 뜨겁게 내연했을 울화를 분출해 낼 줄조차 모르셨던 어머니로 인해 집안의 평화는 유지되고 있었지만, 당신의 속병은 날로 깊어져만 갔을 것이다. 살가운 딸 하나만 있었어도 좋으련만 꿔다놓은 보릿자루처럼 무뚝뚝한 아들만 일곱을 데리고 사시면서 얼마나 속 터졌을까!

이런 어머니의 유일한 탈출구는 마실 가는 일이었을 것이다. 기나긴 동지섣달 밤에 바람 쐬러 가서도, 혹 우리 집 흉잡힐까, 못내 웃으며 동네 아지매들의 수다를 듣기만 하신 어머니는 그러고도 약간의 힐링은 되셨을까?

대학 4학년 졸업반 시절, 한국산업은행 입행 시험을 하루 앞둔 1972년 겨울, 고향에서 '모친위독'이라는 네 글자 전보가 날아들었다. 큰 수술을 받으신 후였지만 예상 밖이었다.

너는 시험을 잘 치고 내려오라는 게 어머니의 뜻일 거라고 하시며

서울에 계시던 형님들만 서둘러 내려가셨다. 혹 어머니를 못 뵈면 어쩌나
싶은 초조함 속에 이튿날 시험을 잽싸게 마치고 중앙선 하행 열차를 탔다.
밤늦은 시각에 집에 들어서니 어머니는 의식이 없는 상태로 누워 계셨다.

막내가 왔노라고 귀에 대고 몇 번을 소리치며 어머니를 깨웠다. 놀
랍게도 어머니는 힘없이 눈을 뜨고 나를 쳐다보셨다. 부축을 받고 일어나
앉아서 들리지 않는 소리로 "…왔나…"라고 인사하시는 듯했다. 그러고 나
서 몇 분 후 어머니는 다시 자리에 누우셨고 나도 곁에 같이 누웠다. 너무
피곤해서였던지 나는 이내 잠이 들고 말았다.

왜 좀 더 깨어 있지 못했을까! 새벽 즈음이었는지, 어머니는 조용히
홀로 영면하셨다. 바로 옆을 지키고 있었으면서도 마지막 가시는 시간을
함께하지 못한 죄스러움은 그 후로 오랫동안 가시지 않았다.

늘 자식들을 걱정하시면서도 항상 "나는 괜찮다, 괜찮다" 하시던 어
머니! 환갑 무렵 갑자기 병환이 너무 깊어진 걸 알고 뒤늦게서야 수술을 받
으셨지만 이미 너무 쇠약해진 체력으로는 감당할 수 없는 지경이 되었다.
자식으로서 어찌 그렇게 무신경할 수 있었는지 너무 한이 되고 죄스러웠다.

셋째 형님네 삼선동 집에 기거하고 있던 대학 2~3학년 무렵, 시골에
계신 어머께 올렸던 편지에 대한 답신은 지금 내가 보관하고 있는 어머
니의 유일한 친필 서신이다. 입들이 너무도 무거운 자식들 때문에 얼마나
답답하셨으면…!

"너의 편지 받아 보고 얼마나 반가운지 엄마는 울었다 … 모두 말이
없으니 엄마는 답답 … 자주 연락하여 엄마가 궁겁지 안케(궁금하지 않게) 좀

해 다오."

나에게 맏형님이 빠진 여섯 형제가 어머니를 기념하는 뜻에서 6등분으로 나눠서 끼고 다니는 어머니의 3돈짜리 금반지보다 더 귀한 유품은 어머니께서 속바지 주머니에 넣고 다니셨던 동전 지갑이었다.

100원짜리 지폐 2장에 동전 몇 닢이 들어 있던 어머니의 지갑은 막내가 지금까지 정성껏 보관하고 있다. 100원짜리 지폐가 혹 상할까 손수 만드신 비닐 봉투에 고이 넣고 다니셨으니 어떻게 그 돈을 쓰기나 하셨을까? 나는 가끔 당신의 손때 묻은 지갑을 꺼내어 만져 보면서 작은 돈까지 그렇게도 귀하게 여기셨던 무언의 가르침을 마음에 새겨 보곤 한다.

가만히 눈을 감고 어머니 생전에 환하게 웃으시던 모습을 떠올리다가 나는 깜짝 놀랐다. 작은 금니가 살짝 드러나 보이던 어머니의 환한 미소 띤 얼굴이 떠오르지 않는다. 이것은 어머니의 겨울이 길고 추웠기 때문일까?

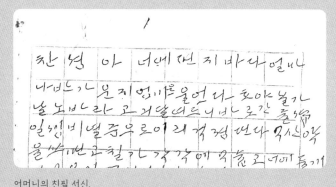

어머니의 친필 서신.

어머니의 동전 지갑.

할아버지의 부자유친

￿￿￿￿￿￿￿￿국민학생 시절, 할아버지의 사랑방 문갑의 아랫단 양쪽 문짝에는
네 글자씩 총 여덟 글자의 한자가 붙어 있었는데, 이것은 조선시대 명필 한
석봉의 서체로, 글씨에는 힘이 있었다.

"父子有親 兄弟一身(부자유친 형제일신)"
아버지와 아들 사이에는 친애함이 있어야 하고, 형제는 한 몸임을
깨달아야 하느니라.

가정 윤리 실천 덕목의 오륜(五倫) 중 하나인 줄은 철이 들고서야 알
았지만, 당시에는 그저 장식이려니 하고 지나쳐 보았던 바로 그 여덟 글자
에는 할아버지의 간절하신 염원이 담겨 있었다.

우리와 할아버지는 혈육 관계가 아니다. 할아버지는 일찍이 무자
(無子) 하셔서 아버지를 양자로 맞아들여 호적에 올렸고, 1932년 첫 손자를
보신 기쁨이 얼마나 벅차셨는지 그 자리에서 일필휘지로 일곱 손자의 이
름을 지으셨는데 놀랍게도 일곱 번째로 막내 손자인 내가 세상을 보게 될
줄은 어찌 아시고 태어나기 16년 전의 내 이름까지 지어 놓으셨으니 어쩌
면 놀라운 신통력까지 가지셨던 분이 틀림없다.

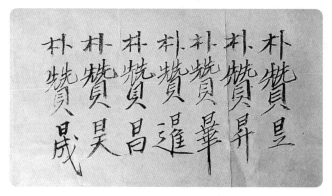

끝 글자가 모두 날 일(日) 밑에 있는 한자로 작명하신 점이 특이하다. 막내인 나의
이름만 왜 '밝을 성(晟)'에서 '별 성(星)'자로 다르게 호적에 올랐는지 알 수가 없다.

유학자 박승언(朴勝彦) 할아버지는 늘 자애로운 모습으로 우리의 마
음속에 의심의 여지없이 '진짜 할아버지'로 자리 잡고 있다. 우리 집 사랑
방과 마을 뒷산인 태봉산 자락에 있는 아담한 정자 괴정(槐亭)에는 가끔 문
객들이 모여 한시도 짓고 수담(手談)을 나누기도 했다. 봄이 되면 정자 앞에
는 백일을 핀다는 붉은 백일홍이 화사했고, 태봉 샘물이 흐르는 연못에는

연꽃이 만발했다.

할아버지의 손자 사랑은 유별났는데 그중에서도 다리가 성치 않았던 막내 손자에게는 각별한 사랑을 쏟아 주셨다. 어릴 적 잠자던 중에 다락에서 떨어진 물체로 인해 가슴에 큰 충격을 받고 며칠을 크게 놀란 후, 우측 하지에서 서서히 이상이 나타난 것이다.

긴 시간 한방치료를 받았지만 별 효험이 없어서 그만두고 나서부터는 할아버지의 정성이 듬뿍 담긴 마사지 요법만 계속되었다. 국민학교 4~5학년 무렵이었던가, 할아버지께서 중풍으로 누우시기 전까지는 하루도 거르지 않고 아침과 저녁으로 하루에 두 번씩 할아버지 방으로 나를 불러 다리를 주물러 주셨다. 가히 하늘을 감동시킬 만큼 지극정성이었다.

방학이 되면, '천지현황(天地玄黃)이요'로 시작하는 천자문(千字文)을 가르쳐 주셨는데, 동네의 또래 친구들과 함께 할아버지의 훈도를 받던 시간은 지금 생각해 보니 '참교육'을 받았던 귀중한 시간이 아니었을까 한다.

할아버지는 '참을 인(忍)' 글자를 우리 집의 가훈으로 남겨 주셨다. "하루를 참으면 한 달이 편하고, 한 달을 참으면 한 해가 편하다"라고 늘 읊조리신 말씀이었다. 가화만사성(家和萬事成)이라는 금언처럼 가정의 화목이 만사형통의 기본이거늘, 한 가정의 화목을 이루기 위해서는 반드시 가족 구성원 모두가 성정(性情)을 다스릴 줄 알아야 한다는 중요한 가르침이었다.

그뿐 아니다. 이것은 사람의 성품은 인내로 연단되어야만 훌륭한 인품을 갖춘 큰 사람이 될 수 있다는 보다 깊은 뜻을 담은 가르침이기도 했다. 환웅의 말에 따라 마늘을 먹고 오래 잘 참아서 곰이 드디어 사람이 될 수 있었다는 단군신화 이야기는 시사하는 바가 크다.

중풍으로 몇 년간 고생하셨던 할아버지는 손자들의 정성 어린 간호에도 불구하고, 1961년 내가 중학교 1학년 때 별세하셨다. 지금 생각해 보니, 할아버지께 부자유친은 더더욱 특별한 의미가 있었을 듯하다. 양자인 아버지와 친애의 관계를 이루고자 지성을 다하셨지만, 할아버지의 부자유친은 만족할 만한 성과를 거두지 못하셨던 것 같다.

사실 훌륭한 부자유친의 관계는 어느 일방의 노력으로 되는 것이 아니라 쌍방이 각자의 도리(道理)를 충실하게 행하는 것이 최소한의 기본 요건이라는 점을 이해한다면, 결코 쉬운 일이 아님을 알 수 있다. 이 시대의 아버지들도 자식에게 '엄한 아버지'가 되기는 쉬울지 모르지만, '친한 아버지'가 되는 일이란 결코 만만한 일이 아님을 쉽게 공감할 것이다.

형제일신은 요즘처럼 아들딸 하나만 갖는 가정이 늘어나는 시대에서 다소 소홀히 할 수 있는 가르침이지만 여전히 그 의미를 무겁게 새겨 보아야 할 가르침인 것 같다. 부자유친이라는 종적 관계와 형제일신이라는 횡적 관계가 사랑의 십자가를 엮어 나갈 때, 아름답고 건강한 가정의 나무는 대를 이어 푸른 숲을 이루어 간다. 쉬운 일은 아니지만, 오늘날 해체되어 가는 가정을 회복하는 길은 우리가 기본으로 돌아가는 것임을 옛사람들의 가르침에서 깨달아야 할 것이다.

'부자유친 형제일신'은 오래전부터 내 옆에 다가와 있던 숙제였지만, 바깥 일에 매여 분주히 살아오면서 짐짓 모른 채 미뤄 왔던 집안의 숙제였다. 나의 사려 깊지 못했던 과거에 대해 때늦은 반성을 해 보지만, 기차는 지나갔고 후회가 밀려온다.

할아버지의 부자유친을 상고(詳考)하다 보니, 집을 나간 탕자(蕩子)에게 "어서 돌아오라, 나의 아들아!"라고 외치고 계시는 하나님의 놀라우신 사랑의 손짓 또한 어쩌면 '하나님의 부자유친'을 위한 '하나님의 열심'이라고 할 수 있지 않을까 하는 생각이 문득 든다.

"아버지와 아들 사이에는 친함이 있어야 하고 형제들은 모두 한 몸임을 깨달아야 하느니라."

코주부 미술 선생님

미국 뉴욕에서 근무하고 있던 1990년대 초의 일이다. 나의 고향 선배인 이두식(李斗植) 홍익대 미대 교수로부터 개인전 초대장을 받았다. 그가 맨해튼 파크 에비뉴 50번가 부근에 있는 깐깐하기로 유명한 아트 갤러리에서 초대전을 연다는 소식이었다.

당시 그는 국내에서 비구상(非具象) 계열의 작품으로 널리 명성을 얻고 있었고, 뉴욕 데뷔전을 통해 더 넓은 세계 무대에 도전장을 내고 있었다. 자랑스럽게도, 그는 나와 같은 중학교에서 함께 미술반에서 공부한 선배였다.

무척 반갑고 뿌듯했다. 축하 화환을 보내고 시간에 맞춰 개막식에 참석했다. 수십여 명의 하객과 관람객들이 갤러리를 그런대로 썰렁하지 않게 채워 주고 있었다. 개막식이 막 시작될 시간에 식장 안으로 베레모를 쓴 한 노신사가 헐레벌떡 들어오고 있었다.

가까이서 자세히 보니, 노신사는 놀랍게도 나의 중학교 미술 선생님이었던 오세영 선생님이다. 여기서 이렇게 만나게 될 줄이야! 비록 30년의 세월이 흘렀고 중학교를 졸업한 후로는 뵌 적이 없었지만, 나는 선생님을 바로 알아볼 수 있었다. 그러나 선생님으로서는 장년이 되어 앞에 나타난 제자를 알아볼 도리가 없었던 것은 당연했을 것이다.

그날 나는 오 선생님과 이 화백을 32번가 엠파이어 스테이트 빌딩 근처의 한국 식당인 감미옥으로 저녁 식사 초대를 했다. 중학교 은사님과 30년 만에 감개무량한 재회를, 그것도 전혀 예기치 못했던 뉴욕에서 하게 되어 맨해튼의 밤이 깊어 가는 줄도 모르고 옛이야기로 꽃을 피우고 있었다.

오 선생님은 일찍이 미국으로 건너와 뉴욕 한인미술작가협회의 회장으로 대학 강의를 하고, 아주 왕성한 작품 활동을 하고 있다고 하셨다. 서울에서는 여러 차례 작품 전시를 통해 서양화가이자 판화가로서 탄탄한 평가를 받고 있다는 사실도 들어 알게 되었다. 선생님은 판화 중에도 목판화를 전문으로 하여 국제판화비엔날레에서의 수상으로 더 유명해졌다.

그 후, 나는 선생님을 가끔 우리 집으로 초대했고, 선생님께서도 우리를 댁으로 불러 주셨다. 선생님은 뉴저지 중부 지역의 대저택에 살고 계셨는데, 나는 별채 아틀리에에서 선생님께서 작품 활동하는 현장도 구경했고, 지하실에 가득 세워 놓은 표구가 되지 않은 200~300호가 넘는 대작(大作)들도 구경했다.

나도 한동안 바빴고 선생님도 바쁘셨던지 서로 연락을 하지 못하고

「그리스도상」오세명 作, 목판화.

지내던 어느 날, 오 선생님께서 나를 찾아와 도움을 요청했던 것은 나의 귀
국 발령이 임박했던 1993년 가을 무렵이었다. 화가들의 로망인 러시아 상
트페테르부르크 국립박물관으로부터 초대전을 제안받았다고 기뻐하셨다.
이 초대전에 출품할 작품 100여 점을 제작, 표구, 항공 운송을 하는 데 따른
엄청난 비용이 드는데, 이 재정 문제를 해결하기 위한 특별 전시회 때 나의
후원을 요청하시는 것이다. 선생님은 내가 형편껏 그림을 사 주길 원하고
계셨다. 참으로 난감했다.

　　3년의 체류 기간 중 저축해 둔 돈이 조금 있었지만, 이것은 귀국 후
의 정착금이었다. 결코 여유로운 돈이 아니었다. 그런데 제자에게만은 뉴
욕 전시회 가격에서 특별 할인까지 해 주겠다고 하시니 여간 부담이 되지
않았다. 며칠을 고민했다. 다행히 과거 중학교 시절의 일들이 하나둘 떠오
르면서 서서히 선생님의 전시를 조금이라도 도와드려야겠다는 쪽으로 생
각이 기울고 있었다. 가만히 생각해 보면 공짜로 기부하는 것도 아니지 않
은가!

　　선생님께 전화를 드린 후 개인전 장소로 차를 몰았다. 작품당 몇만
불을 호가하는 추상화 2점을 내가 직접 골랐다. 물론 계산은 파격적인 할
인가로 해 주셨다. 뉴저지 집 거실에 전시해 놓으니 집이 날개를 단 듯했
다. 귀국 후의 일이 걱정되었지만, 기분은 일단 흐뭇했다.

　　나와 그림의 인연은 나름 족보가 있다. 국민학교 3~4학년 무렵이었
던가? 홍익대에서 서양화를 전공하시던 셋째 형님이 크레파스를 사 주셨
다. 당시 대부분 10색 정도의 밀랍으로 제조한 조악한 크레용을 사용하고

있던 시절에 30색의 크레파스는 친구들의 부러움을 사기에 충분했다.

어깨에 메는 책가방 없이 책을 보자기에 싸서 들고 다니거나 허리 춤에 질끈 동여매고 다니던 시절, 미술 시간이 있는 날에는 손잡이가 달린 가방형 크레파스를 들고 다니면서 우쭐했던 나의 모습을 회상해 보면 지금도 절로 웃음이 나온다.

중학교에 다닐 무렵 형님은 한동안 무명 화가로 시골 집에 내려와서 그림을 그리셨는데, 그때 나는 조수 역할을 하면서 '어깨너머 공부'를 제법 많이 했었다. 나의 조수 역할은 다양했다. 화가로서 넉넉하지 못한 형님은 캔버스를 직접 제작해서 썼다. 나무로 프레임을 만들고 광목천을 팽팽하게 잡아당긴 후 네 모서리에 못질을 해서 화판틀을 만든다. 그 위에다 백색 유화 물감을 유화용 나이프로 애벌칠하고 덧칠하면 캔버스는 완료된다.

이 과정에서 나는 주로 밑칠하는 일을 거들거나, 백색 횟가루에 린시드유던가? 하는 기름을 부어서 백색 회반죽 물감을 만드는 일을 했다. 그뿐 아니었다. 유화 물감이 묻은 붓은 바로 씻어 놓지 않으면 굳어 버리기 때문에, 그림을 그린 후 석유로 일단 물감을 닦아낸 후 빨랫비누로 깨끗이 씻어 두어야 했다. 나의 일은 그런 자잘한 일이었다.

형님으로부터 정식으로 그림지도를 받지는 않았지만 서당 개 삼 년에 풍월을 읊을 정도는 되었으니 미술 시간에는 은근히 자신이 있었고 미술 시간이 좋았다. 1학년 초 연로하신 마진부 선생님께서 정년퇴임하고, 후임으로 부임하신 분이 바로 오세영 선생님이었다.

오 선생님은 서울대 미대를 졸업한 후 바로 우리 학교로 내려오신

신출내기 선생님이었다. 서울 말씨라서 다소 이질감을 느꼈지만 그분의
코는 코주부의 코를 닮아서 상당히 친근감을 느끼게 했다. 내가 30년 만에
뉴욕 한복판에서 조우했을 때 바로 알아볼 수 있었던 결정적인 단초(端初)
가 선생님의 코였음은 두말할 필요가 없다.

　학기 초 미술 시간에 야외 사생(寫生)을 나갔는데 교실로 돌아와서
학생들의 수채화를 품평하시다가 오 선생님께서 말씀하셨다.

　"박찬성이 누구야? 터치가 제법인데!"

　그때, 나는 숲속의 초가집 한 채가 있는 풍경화를 그렸던 것 같다.
울창한 숲을 세밀한 사실적 기법으로 표현하는 대신 재빠르고 과감한 붓
놀림으로 처리했는데, 숲 전체의 분위기를 잘 표현했다고 칭찬해 주셨던
것으로 기억된다. 선생님의 칭찬을 들은 후 나는 미술 시간이 더욱 즐거웠
고, 특별 활동으로 미술반에 들어갔다. 정말 놀라운 것은 그 칭찬 한마디가
나의 뇌리에 꽂혀 지금까지도 기억에 남아 있다는 것이다.

　사실 그 정도는 내가 늘 형님 옆에서 보고 배운 것이었다. 팔레트에
색깔을 배합하는 법을 지켜보는 것만도 큰 공부가 되었다. 형님이 줄리앙
석고상을 데생하는 방법을 눈여겨보았다가 혼자서 따라하기도 했다. 당시
중학생 수준으로는 과할 정도로 과외공부를 했던 셈이었다. 코주부 오 선
생님의 칭찬이 계속 이어졌음은 물론이다.

　당시 시골의 작은 중학교의 미술반치고는 그림에 뛰어난 재주꾼들

이 제법 있었다. 그중, 김종한(金鐘漢)은 나와 함께 껌처럼 붙어 다니며 그림을 그리던 절친이었다. 나는 고교 진학 후 미술에 대한 열기가 다소 식었지만, 김종한 화백은 일생을 정진하여 국전 초대 작가로서 작가의 위상을 확고히 구축해 놓았다. 그의 그림은 아련한 고향의 정취를 일깨워 주는 '따뜻한 풍경화'에 일가(一家)를 이루고 있는데 가만히 들여다보노라면, 바쁜 도회지 생활에서 잊고 살았던 고향의 향수를 떠올리게 하고 반추하게 한다. 영주여자고등학교 교장으로 은퇴한 후 지금은 세계를 여행하며 스케치 작업을 즐기고 있다.

지금 우리 화단에서 성공한 몇몇 예술가들과 중학생 시절에 함께 어울려 그림 공부를 했었다는 것 자체만으로 나는 자부심을 느끼고 있다. 괜히 나 자신이 유명한 화가라도 된 것처럼 말이다.

어린 시절 화가 형님이 멋있어 보였고, 중학생 시절 만난 오세영 선생님은 나로 하여금 잠시나마 화가의 꿈을 갖게 해 주셨다. 그래서 선생님과의 추억이 30년이란 짧지 않은 세월의 공백을 가볍게 메워 줄 수 있었던 것이 아닌가 하는 생각이 든다.

몇 달 후, 나는 본점 귀국 발령을 받고 서울로 귀환했다. 스티로폼으로 두툼하게 포장해 온 대형 그림 2점은 서울 집에 도착한 이후로 애물단지 신세가 되어 버렸다. 서울의 30평대 아파트에는 전시할 공간이 없어서 패킹된 채로 베란다를 지켜야 했으니 나의 마음이 여간 불편하지 않았다. 그림은 한두 해를 그렇게 보냈다.

다행히 그 대작은 제 주인을 만나 나의 손을 떠나갔다. 모 중견 기업의 회장실 앞 널찍한 로비에 전시한 명작을 보고 있으면 나의 마음이 그렇게 흐뭇할 수가 없다. 새 주인은 나의 딱한 사정을 배려하여 인수해 준 나의 후원자였다.

　　좋은 일 한다고 당시 나의 형편으로는 적지 않았던 돈을 덥석 지출하고 나서 몇 년 동안 마음고생을 했다. 그림을 좋아했고 화가 선생님을 존경했기에 저지른 일이었을까? 아니면 누구를 도와줘야 한다는 의협심이 강해서였던 걸까?

　　꼭 그런 것만은 아닌 듯하다. 그 주제넘은 지출 행위는 남의 청을 잘 거절하지 못하는 나의 성격도 단단히 한몫을 했다. 하지만 지금 생각해 보아도 정말 잘한 일인 것 같다.

우수마발 사건

     경북 영주에서 태어나 국민학교, 중학교를 마치고 결국은 고등학교까지 영주에서 다니게 되었지만, 사실 나는 중학교를 졸업할 무렵 고등학교만은 영주를 탈출하고 싶은 생각이 간절했다. 대구나 서울 등 대도시 학교로 진출해 보고 싶은 꿈도 꿈이었지만, 그것보다 국민학교 6년, 중학교 3년 총 9년을 같은 산길로 매일 왕복 20리 길을 걸어 다녔던 판박이 통학 행로에서 탈피해 보고 싶다는 생각이 더 컸다.

     내가 고등학교로 진학하던 1964년에는 고교 입시 제도가 바뀌었다. 종전 국가 고시제에서 도별 공동 출제로 변경되었다. 종전의 거주지별 지원 학교 제한이 풀렸기 때문에 자기 실력에 맞는 도내 고교를 임의로 선택할 수 있게 된 것이다. 나의 영주 탈출 욕구를 국가가 제도적으로 뒷받침해 주기라도 하는 듯했다. 그러나 현실성이 없는 꿈은 꿈으로 끝나야 했다.

당시 집안 형편상 입 밖에도 꺼내 보지 못하고 스스로 나의 꿈을 접을 수밖에 없었다.

대구 진출 계획을 포기하고 허전한 마음을 가누고 있을 때 고향의 한 사립 기독교계 학교(missionary school)에서 특별 장학생을 선발한다는 공고를 보게 되었다. 당연히 응시했다. 성적이 잘 나와서 나는 5인의 선발자 중 차석을 차지했다. 그래서 다닌 학교가 영광고등학교다. 그때 도내 공동 출제 시험에서 획득했던 나의 성적은 대구의 유수한 명문고의 합격선을 넘어서고 있었다.

우리 집안의 종교적 성향을 보면, 유학(儒學)을 하신 할아버지는 당연히 유교적 제의(祭儀)를 중히 여기셨고, 할머니는 불교에 신심이 깊어 영주 순흥 초암사에 손자들 이름을 올려놓고 시주와 공양에 정성을 다하고 계셨다. 어머니는 시부모님의 영향 아래 있었고, 아버지는 종교엔 관심이 없으신 듯했다. 말하자면, 우리 집은 당시 북부 영남 일대의 전통적인 가정처럼 유불 문화가 지배하고 있었다.

이런 집안에서 유독 나 혼자 기독교계 학교에 다니게 되었던 것은 돌발적 사건이라 할 수 있다. 그런데 엄밀히 따져서 내가 영광고를 선택했던 것이 아니라 영광고가 나를 선택했다고 하는 것이 옳을 것 같다. 나는 장학생 선발 공고에 혹하여 별 생각없이 지원한 것이었을 뿐, 영광고가 미션 스쿨이기 때문에 지원했던 것이 아니었기 때문이다.

교회 근처에는 한 번도 가 본 적이 없는 나에게 매주 수요일 1교시 채플(chapel) 시간은 처음에는 어색하고 고역이었다. 학교에는 두 분의 교목이 계셨는데, 딱딱한 정 목사님의 설교 시간에는 많이 졸았지만, 자신을 교도소 출신이라고 떳떳이 밝히셨던 곽 목사님의 흥미로운 설교 시간에는 귀를 쫑긋했었다.

1954년에 설립되어 10년의 비교적 짧은 역사를 가진 학교였지만, 그 설립 주체는 역사와 전통이 있던 영주 제일교회였다. 1907년에 설립되어 한국 장로 교단에서도 그 역사성을 인정받고 있는 교회였다. 당시 연세대학교 박대선 총장의 친동생인 박대인 선생님을 교장으로 모셔 왔는데, 미국의 미션 스쿨과 학생 교환 프로그램을 개발하는 등 제법 특색 있는 지방 사립 학교로 발전 전략을 추구하고 있었다.

아무리 성경 가르침을 학교 교육의 기본으로 삼고 있다 하더라도, 역사가 일천(日淺)하여 일반 고교와의 뚜렷한 차별화를 확립하지 못했던 상황에서 1960년대 중반, 지방이고 도시고 할 것 없이 불량배가 유행하던 시대에 우리 학교도 그 조류는 비껴갈 수 없었다. 돈푼 있는 학생들에게 돈을 뜯거나, 잘난 척하는 놈은 불러서 괴롭히는 불량배들의 수법은 예나 지금이나 비슷한 것 같다.

비록 일부 불량배들의 문제이긴 했지만 교내 흡연과 폭력, 패싸움 등 풍기 문란이 도를 넘고 있었다. 학교에서는 기강을 바로잡기 위해 무술 고단자를 체육 선생 겸 훈육 주임으로 청빙하였다. 이에 반발한 불량배들은 체육 선생이 부임하기 전날 밤 선생님 댁 대문짝에 손도끼를 찍어 두는 발칙한 행동을 서슴없이 자행하였다. 부임 초기부터 선생님의 기를 꺾어 놓아야 한다는 놀라운 발상이고 행동이었다.

이러한 일들이 다반사로 벌어지고 있던 학교에서 내가 '범생이'로 무사히 지내기란 쉬운 일이 아니었다. 예를 들면 밤중에 술자리로 호출 당하면 거역할 수 없었다. 당시 학교 불량배들은 밤이면 시내 술집을 겁 없이 드나들었는데, 영주의 주먹 세계에서 존경받는 몇몇 태권도 사범들을 마주치는 경우 외에는 겁내는 사람이 없었다.

하는 수 없이 그들과 함께 어울려 지내면서 겪어 보니, 바탕은 괜찮은 인간들 같았다. 무례했지만 바보스러울 정도로 순진했고, 터프했지만 자상한 우정을 보여 주기도 하던 그런 친구들의 소사이어티에 발을 들여놓고 보니, 나도 모르게 어떤 강한 유대감과 함께 묘한 마력을 느끼기까지 했다. 그들은 그들 나름의 '의리'로 뭉쳐 있었다.

사실 그들이 나에게 요구한 것은 단순했다. 시험 칠 때 부정행위에 적극 협조해 달라는 것이 전부였고, 반대 급부는 나에 대한 철저한 안전 보장이었다. 지금부터 이야기하는 에피소드에 관해 나의 친구들의 허물은 지나간 옛이야기쯤으로 넘어가 주시길 바란다. 지금 생각해 보면, 그들의 비행에 부화뇌동했던 나 자신이 부끄러워질 따름이다.

시험을 하루 앞두고 막바지 정리에 열심을 다하고 있던 밤도 늦은 시각에 영주 역전에 있는 한 주점으로 나오라는 왕초인 P군의 연락을 받고 나가 보니, 4~5명의 패거리가 막걸리 술잔을 앞에 두고 내일 시험에 관한 이야기를 나누고 있었다. 술상 위에는 종이 몇 장이 놓여 있었는데 가까이서 보니, 놀랍게도 내일 치를 국어 시험 문제지였다.

어찌 된 연유인지 따져 물어보니, 조금 전 학교 교무실에 잠입해서

시험지를 등사하던 나이 많은 소사 아저씨를 담배 몇 갑으로 매수해서 빼
내었다고 자랑스럽게 말하는 것이다. 그런 친구들이었다. 내일 시험지는
확보했는데 밤은 늦었고 모두 까막눈이라 답을 아는 자가 없어 답답해하
던 차에 나를 불러낸 것이다. 나는 즉석에서 정답을 달아 주었고, 그들은
마치 모두 만점을 받은 양 쾌재를 부르며 다시 술잔을 부딪히고 있었다.

반세기도 넘게 지난 지금까지도 나의 기억에 뚜렷이 남아 있는 당
시 국어 시험 문제 중 하나는 국어 교과서에 실려 있던 양주동 님의 수필,
『면학(勉學)의 서(書)』 중에서 출제된 것이었다.

남자는 무릇 다섯 수레 분량의 책을 읽어야 한다, 즉 남아수독오거
서(男兒須讀五車書)라는 중국식 과장법을 들이대면서, 독서의 즐거움에 대
하여 평소에 다변이던 박사님 특유의 화려하고 현학적인 문체로 쓰셨던
수필인데 거기 나오는 '내가 일인칭, 너는 이인칭, 나와 너 이외 우수마발
(牛溲馬勃)이 삼인칭이라' 중 우수마발의 단어 뜻풀이 문제였다.

드디어 다음 날, 시험 시간에 문제를 보니 구면(舊面)이데요! 구면인
시험지는 난생처음 보았던 터라 아주 묘한 기분이 들었다. 시험을 마치고
나오면서 P군을 보니 왠지 안색이 좋지 않았다. 못해도 반쯤은 썼겠지 하
고 물었다.

"아, 젠장, 딱 한 문제밖에 못 썼어, C~8!"
"어떤 거?"
"거 있잖아, 제일 쉬운 거, 우수마발! 소똥 말똥이라고 썼지 뭐. 마침

53

그건 생각이 나더라고."

이럴 수가??? 내가 전날 써 주었던 정답은 '문자적으로는 쇠오줌과 말똥이라는 뜻이고, 여기서는 기타 여러 가지를 한데 묶어서 기타 등등이라는 뜻'이다. 쇠오줌과 말똥이라고만 썼어도 됐는데, 하루 전날 시험지와 정답을 손에 넣고도 빵점을 맞다니 이걸 어떻게 이해해야 하나? 정말 어이가 없었다. 왜 위험을 무릅쓰고 시험지를 불법 유출했던 것일까? 정답은 왜 필요했던 거지? 도대체 답이 없는 친구였다.

당시의 학생 불량배는 학교 규칙을 위반하는 것이 무슨 대단한 훈장이라도 되는 것처럼 패거리 지어 다니며 서로 앞다투어 일탈된 행동을 일삼던 골빈당이었다. 그들 중에서 왕초였던 P군은 주먹이 아니라 그의 비상한 머리와 집안의 재력으로 패거리를 이끌던 인물이었다. P군과 나와의 인연은 끈끈하게도 대학 시절까지 이어졌다.

지금 생각해 보면, 나는 비록 지방의 한 이름 없는 작은 고등학교에 다녔지만, 그 학교가 미션 스쿨인 것에 대해 감사하고 있다. 내가 고등학교를 졸업한 이후, 제법 오랜 세월 동안 교회를 떠나 살다가 결혼할 무렵 다시 교회로 돌아왔을 때, 나는 마치 탈선했던 기차가 마침내 본 궤도로 진입했구나 하는 그런 기분이었다. 이것은 고등학교 때 뿌려진 말씀의 씨앗이 나도 모르게 자라고 있었던 것은 아닐까?

2부

열린 세계의 꿈을 키웠던

대학시절

이화동 일기

　　　　1968년, 내가 처음으로 큰 세상인 서울에 와서 첫 거처를 정했던 곳
은 종로구 이화동이었다. 학교가 있는 안암동과는 제법 떨어진 곳에서 기
거하게 되었던 연유는 고등학교 시절 껄렁패의 왕초였던 P군과의 인연 때
문이었다. 가까이 지냈지만, 도대체 이해할 수 없었던 P군은 당시 나의 연
구 대상이었다.

　　고교 시절, 그는 필터 달린 고급 담배였던 파고다, 아리랑을 사 주면
서까지 친절하게 나를 흡연의 길로 이끌어 주었고, 술집을 드나들며 알딸
딸한 묘한 취기를 일찍이 경험하게 해 주었던 술친구이자, 머리에 든 것은
별로 없어도 입담은 좋아서 특히 여자들 앞에선 제법 유식한 사람으로 보
이게 하는 특별한 말재주를 가졌던 친구였다. 이미 고교 시절에 역전 유곽
을 기웃거렸을 정도로 성적으로 조숙했던 친구는, 옛날 P씨는 족보에 나오

는 상놈이었다고 놀리면 P씨보다 더 잘난 놈들 있으면 다 나와 보라고 호기를 부리면서, P타고라스와 P카소를 자기네 종씨라고 우기던 유머도 있었다.

그의 부친은 일찍이 맨손으로 강원도 일대의 산을 10여 년간 누비던 끝에, 광맥을 발견하여 졸부가 되신 타고난 승부사였다. 부모님은 강원도에 계셨고, 그는 고등학생 주제에 영주 시내에 있는 커다란 기와집에서 대장 노릇을 하고 있었다. 위로 누님을 제치고 집안의 재정권을 한 손에 주물렀던 나의 별난 친구 P군에 대한 개론적 소개는 이 정도로 해 두자.

고교 시절 '껄렁패'와 '범생이'로 만났던 그와의 인연은 대학 시절까지 이어졌다. 나는 한때 불량배들의 등쌀에 시달리다 그들과 상생하는 법을 터득한 이후 공부에 더욱 매진하여 안암동 호랑이 배지는 달았는데 서울에 마땅한 거처가 없었다. 내가 이것을 걱정하고 있던 차에 일찍이 서울에 집을 마련해 두고 있던 P군의 집에서 연락이 왔다. 평소 그의 시골 집에 드나들던 나를 관심있게 지켜보셨던 P군의 모친께서 나더러 이화동 집에 들어와 같이 지내면서 우리 아들 인간이나 좀 만들어 달라고 하시는 것이다. 이렇게 고마울 수가! 나로서는 감지덕지였다.

이리하여 내가 중앙선 상행 열차를 타고 청량리역에서 내려 택시를 타고 이화동으로 향할 때에는, 흰 눈이 벚꽃처럼 흩날리며 낙산(駱山)을 하얗게 물들이고 있었다.

그의 집은 낙산 자락에 위치하여 이승만 초대 대통령의 관저였던 이화장이 담장 너머 바로 아래로 내려다 보였다. 당시 P군은 H대 대학생이라 사칭하여 거의 매일 얼굴을 볼 겨를도 없이 여성 편력 즉, chasing skirts 를 하느라 분주했다. 그는 타고난 플레이보이였던가? 미남이라 할 수 없는 얼굴인데도 P군을 만나는 여성마다 첫 대면부터 호감을 드러냈다. 그와 몇 마디만 나누면 쉽게 그의 여인이 되는 마술 같은 일이 벌어지곤 했다. 함께 다녀 보면 묘하게 질투가 날 정도였다.

이화동의 예전 서울법대 정문에 있는 '쌍과부집'은 바로 집 앞이라 가끔 들렀던 대포집으로 늘 사람들로 붐볐다. 피차 술기운이 돌자 나는 마음에 두었던 말을 단호하게 꺼내었다.

"야, 너 계속 짜가(假) 인생으로 살 거야? 네 인생 너답게 한번 살아 봐야지. 늦었지만 공부 다시 시작해 보는 거 어때?"

"… 될까?"

"아니, 시작도 안 해 보고 걱정부터 하는 거야? 요즘 좋은 학원 많다고, 머리에 쏙쏙 넣어 준다더라."

이쯤에서 그를 좀 띄워 줄 필요가 있다는 생각이 들었는데 사실, 나는 그의 머리가 아닌 게 아니라 비상한 면이 있다는 것을 오래전부터 느끼고 있었다. 비록 이상한 쪽이긴 했지만 말이다.

"난 너의 머리를 믿어. 넌 비록 건달 대장이었지만 대장은 아무나 하나? 넌 좋은 머리를 쓰레기통으로 만들고 있다고. 이제 깨끗이 머리통

청소부터 하고 다시 시작해 보자!"

다음 날 우리는 종로 대입 학원에 가서 등록했다. 그로서는 엄청난 변화였다. 홍수환이 적지에서 칠전팔기 끝에 카라스키야를 KO시키고 나서 "엄마! 나 챔피언 먹었어!" 하듯이 P군은 당당하게 강원도에 계신 어머니께 전화하고 있었다. 공부 머리는 비어 있었던 터라 모르는 것 투성이겠지만 혹 그만둘세라, 나는 시간을 내어 특별 지도까지 해 주었다. 나름 밥값을 조금은 한 듯하여 마음이 뿌듯했다.

마음을 다잡아 가던 그에게 운명적인 사건이 다가온 것은 그가 학원을 등록하고 2~3개월 후, 그러니까 1968년 초여름 무렵이었던 것 같다. 그의 집은 아래채와 위채 그리고 중앙에 있는 작은 정원 옆으로 조그만 독채로 구성되어 있었다. 식구에 비해 집이 너무 커서 아래채는 전세를 주고 있었다.

아래채에 세든 신혼의 젊은 여인은 무척 예뻤다. 이건 심상찮은 만남이란 예감이 나의 머리를 번개처럼 스쳐 지나갔다. 아담한 키에 왠지 모르게 사람을 끌어당기는 매력을 가진 30대 초반의 여인은 흡인력 있는 예쁜 눈 때문인지 귀엽게 생긴 보조개 때문인지 첫눈에 아찔한 아름다움을 느꼈다. 우리는 장난기를 섞어 그녀를 형수님이라고 불렀고, 40대 초의 그녀의 남편은 아저씨라고 불렀다. 나이로 봐서 형님이라 부르기에는 어색했다.

주말에 함께 집에 있을 때면 그들은 맛있는 음식을 장만해 놓고 우리를 아래채로 불렀다. 우리는 사랑스러운 신혼부부를 한없이 부러워했는데 특히 매력적인 형수와 살고 있는 아저씨를 너무나 부러워하였다. 20대를 막 턱걸이한 젊은 두 총각에게 신혼의 그녀는 아이돌이었고, 그녀를 그저 형수 라고만 부르기에는 뭔가 허전하다는 생각이 우리를 사로잡고 있었다.

막연히 우려하던 사건은 예정된 프로그램이 진행되듯 터지고 말았 다. 흡인력 강한 매력적인 여인과 안전핀이 제거된 위험한 폭발물을 항상 소지하고 다니던 P군, 그들 사이를 완충할 안전거리를 확보하기에 아래, 위채의 거리는 불안한 거리였다. 내가 있을 때에는 나름의 절도가 지켜지 고 있었다. 그러나 남편이 출근한 후 그리고 나도 학교에 가고 난 후의 시 간은 늘 불안했다. 아래채 형수 자신의 위험물 관리 능력만이 그녀를 지켜 줄 것이었다.

어느 날 늦은 오후 학교에서 귀가해 보니 P군이 보이지 않았다. 학 원에서 돌아올 시간인데 이방저방 둘러봐도 없었다. 나의 발길은 아래채 로 향했다. 나는 아래채 안방 문을 노크했다. 인기척은 있는데 대답이 없 었다. 나는 문을 열어젖히고 들어갔다.

정확한 것은 알 수 없지만 엄청난 일이 벌어졌음을 알려 주는 정황 은 남아 있었다. P군은 말없이 침대에 앉아서 창문 밖 이화장을 멍하니 바 라보면서 담뱃불로 자신의 손목을 지지고 있었다. 형수는 놀란 토끼처럼 낭패감이 가득한 얼굴로 등을 벽에 대고 서서 나를 응시하고 있었다. 옷은 입은 상태였다.

여기서 잠깐 짚고 넘어갈 필요가 있을 것 같다. 겨우 스물을 갓 넘은 앳된 청년이 왜, 무엇 때문에, 절친의 애정 행각 현장을 불심 검문하는 형사처럼 들이닥쳤던 것일까? 혹 질투 때문에? 그냥 지나가면 오해하실 수 있으니 잠깐 보완 설명이 필요할 것 같다.

P군은 맏아들이 아니다. 그의 형은 20대 초에 스스로 목숨을 끊었다. 영주의 다방 아가씨와 사랑에 빠졌다가 부모님의 강한 반대에 부딪치자 둘이서 산에 올라가 음독했다. 이때 형은 죽었고, 그녀는 음독하지 않았다.

그의 형 못지않게, 아니 어쩌면 더 위험한 인물이 P군일지도 몰랐다. 어머니께서 나더러 사람 만들어 달라고 지나가는 말처럼 하셨던 것도 그러한 우려에서였을 것이다. 한때 고교 시절 그가 건달 대장이었지만 지금 나는 그의 후견인 역할을 해야 했고, 그의 어머니로부터 정식으로 미션을 부여받고 있던 터였다. 불심검문 하듯 안방 문을 열어젖힌 것은 내가 P군을 불장난으로부터 구해 내야 한다는 사명감으로 가득 차 있었기 때문이었다.

다시 본론으로 돌아가서, P군을 끌어내려 했지만 버티고 앉아 미동도 하지 않았다. 눈은 여전히 창밖을 향하고 있었고 그의 손목시계 언저리의 담뱃불로 지진 검붉은 자국에서는 진물이 흘러 내리고 있었다.

나는 우선 그녀와 옆방으로 가서 차분히 일의 전말을 캐물었다. 그녀는 내가 그녀를 건성으로 형수라고 부르긴 했지만, 언제나 껄끄러운 감시자였음을 알았기 때문인지 평소에도 나를 어려워하는 눈치였다. 그녀는 매우 난감한 표정으로 입을 열었다.

"오후에 목욕탕을 다녀왔다. 안방에 들어서니 P군이 부부 침대를 차지하고 잠을 자고 있었다. 곧 일어나겠지 여기고 화장대 앞에 앉아서 머리 빗질을 하고 있었는데, 어느 사이 P군의 힘찬 손아귀가 번개처럼 재빨리 나를 휘감아 당겼다. 그의 따귀를 한 번 쳤지만 더욱 사납게 달려드는 그의 완력에는 당해 낼 수가 없었다."

약간의 눈물을 훔치는 듯하다 증언은 끝났다. P군이 아무리 선수라 해도 정말로 그렇게도 피할 길이 없었을까? 안방 침대에 자고 있는 P군을 보고 왜 가만히 두고 있었을까? 보자마자 깨워서 야단이라도 쳤어야 할 일이 아닌가? 다급한 비명만 질렀어도 위채의 식모 아주머니가 달려왔을 텐데 성폭력의 희생자인 그녀는 왜 그리도 잠잠했던 걸까? 나의 의문은 꼬리를 물었다. 저녁에 따로 만나서 들었던 P군의 진술은 조금 차이가 있었다.

"잠에서 눈을 떠 보니, 거울 앞에서 촉촉이 젖은 머리를 말리고 있던 그녀의 뒷모습에 사람 환장하겠더라. 방안에 가득한 그녀의 체취와 향수 또한 사람을 죽여주는 거라… 나도 모르게 순간적으로 그녀를 끌어안게 되었고… 몇 번 몸부림치다가…."

그렇다. 그 위험한 폭발물이 이제서야 터진 게 때늦은 일인지 모른다. 내가 그녀에게는 수차례 위험 경고 사인을 주었는데, 혹시 그녀는 언제 터지나 기다렸던 것은 아니었을까?

두 진술은 미묘한 차이가 있었다. 나는 형사가 아니었기에 우발적이었든 계획적이었든, 그녀가 은밀히 꼬리를 쳤든, 아니든 나로서는 규명할 방법이 없었다. 성폭력 사건으로 수사하지 않는 한에는 말이다. 내가 사태를 수습하기 위해 밤을 새워 가며 고심해서 얻은 결론은 두 사람을 하루속히 격리시키겠다는 것이었다. 다음 날 나는 그녀에게 정색하고 통보했다.

"P가 요주의 인물이란 것은 당신도 잘 알았을 것이다. 아저씨를 보면 왜 내가 낯을 들 수 없는지 모르겠다. 한 번의 사건으로 마무리 짓자. 피차를 위해 좋을 것이다. 일정한 기간 내로 이사를 나가시라, 만약 그렇지 않을 경우, 나에게도 생각이 있다."

큰일을 저지른 위험인물을 방치한 채 집을 비우고 다닌다는 것이 여간 불안하지 않았다. 나는 학교에서 일찍 돌아와 P군을 타이트하게 감시하였다. 그 이후 달포 정도 두 사람은 자제하는 태도를 보였다. 그녀는 내가 요청했던 이사 나가는 문제에 대해서도 남편을 설득할 만한 이유를 찾을 때까지 기다려 달라며 나의 주문에 대한 성의를 표하기도 하였다. 나는 타이트한 맨투맨 작전을 계속 할 수 없었다. 그것은 불이 급히 번져 나가는 것을 일시적으로 차단하려는 한시적인 시도였을 뿐, 냉각기를 가지게 되면 불은 사그러들 줄 알았다. 그러나 남녀 간의 문제는 그리 간단치 않다는 것을 나중에 알게 되었다. 근접 마크 작전이 다소 느슨해지자, 낮에 가끔 함께 외출하고 있다고 위채 아주머니가 나에게 귀띔해 주었다. 이제는 나의 눈을 피해 밀회를 갖는 게 분명했다.

　자숙 기간은 그렇게 싱겁게 끝났다. 나도 모르게 한숨이 나왔다. 그들의 변화를 내가 직접 관찰할 수 있을 정도로 관계는 복원되고 있었다. 바로 얼마 전까지 그녀는 P군을 마주치지 않으려고 집안에서는 죄수처럼 눈을 땅에 깔고 다녔다. 그러다가 어느 사이 예전처럼 지짐이네 볶음밥이네 해 놓고 불러서 먹이기 시작했다. 어느 날은 못 보던 파카 만년필이 그의 손에 있었는데 알고 보니 그녀의 선물이었다.

　그들은 한 단계 더 진전된 모습을 보이기 시작했다. P군은 여성 편력을 얘기할 때, 하루치기네 사흘치기네 하며 의기양양하게 늘어놓곤 했었다. 하루치기란 만나는 첫날 뜻을 이루는 경우다. 물론 쌍방 합의하에 말이다. 그러던 그가 이제껏 형수에 관해서는 일절 얘기를 않더니 처음으로 입을 열기 시작하였다. 형수가 자기 없인 못 살겠다고 했다나! 히히히 웃는 특유의 능청이 되살아나고 있었다.

　학교 수업이 일찍 끝나고 돌아온 어느 날, P군이 집에 없었다. 아래채 형수가 보자고 나에게 손짓을 했다. 눈엣가시가 아팠던 것일까? 그녀는 듣기 민망할 정도로 남편의 흉을 나에게 거리낌 없이 털어놓기 시작했다. 일부는 이미 P군의 입을 통해서 들은 것이었다.

　"나이 차가 10년 이상 나는 이북 출신 남편과는 5년 넘게 살고 있지만, 아이가 없다. 병원에 갔더니 남편에게 문제가 있다고 했다. 그뿐 아니라 남편과의 관계에서 몰랐던 인생의 묘미를 P군을 만나고 나서 뒤늦게 알게 되었다….”

막다른 골목의 쥐가 고양이에게 달려드는 형국이었다. 요컨대, 자기 둘만의 세계를 못 본 척 눈감아 달라는 것이다. 그렇게 해도 안 될 건 없겠지, 하지만 두 사람과 그 가족에게 닥칠 파멸의 사태는 누가 책임지나? 그쪽은 몰라도 P군은 지켜 내야지! 두 사람이 사련에 빠져 허우적대는 사이 위기의 순간은 시곗바늘처럼 정확한 페이스로 다가오고 있었다.

그들에게는 경고음이 두 번 울렸다. 첫 번째는 그녀의 남편이 뭔가를 눈치챈 듯한 태도를 보인 사건이었다. 동물적인 감각이 발동했던 것일까? 어느 날 옆에서 잠자던 남편이 외마디 소리를 치며 악몽에 시달린 사람처럼 온몸이 흠뻑 젖은 채로 깨어났다. 무슨 꿈을 꾸었느냐는 아내의 질문에 그는 놀라운 증언을 하고 있었다.

“P군과 등산을 갔는데, 산꼭대기에서 갑자기 P군이 자기를 절벽 아래로 밀어 버렸다”라는 것이다. 참으로 섬뜩하고도 신통방통한 꿈이었다. 이런 ‘처절한’ 남편의 경고에도 불구하고, 두 사람은 신경을 쓰지 않고 있음에 나는 적이 놀라지 않을 수 없었다. 두 번째 경고음은 첫 번째 경고 사건이 있은 지 며칠 후에 울렸다. 남편이 예고도 없이 대낮에 집에 들이닥친 것이다. 그는 미아리 쪽에서 자동차 구리스 공장, 요즘으로 말하면 세차정비업을 하고 있었는데 대낮에 예고도 없이 남편이 집을 불시에 찾은 것은 결혼 이후 처음 있는 일이었다.

초인종 소리에 그녀는 벨을 눌러 문을 열어 주었다. 남편이 아래채로 내려오는 사이 P군과 방에서 얘기하던 두 사람은 거실에서 남편을 마주치고 말았다. 일전의 꿈 이야기에 뒤가 켕기던 차에 비록 거실이긴 하지만 P군과 함께 있던 현장을 남편에게 들킨 것이다. 그녀는 시큰둥한 표정으로 남편에게 무슨 일이냐고 묻고는 대답도 듣지 않고 부엌으로 들어가 버렸다.

그 순간, 무슨 거짓말을 해서라도 위기를 모면하는 데는 선수였던 P군은 그날도 자신의 장기를 유감없이 발휘했다. 그는 여자 친구와 약속이 있어서 외출하려다 보니 지갑이 비어 있었고 형수님께 잠시 돈을 꾸러 들렀다고 둘러대었다. 일견 그럴듯한 변명에 아저씨는 허를 찔린 듯, 한동안 멋쩍은 표정을 짓다가 안방으로 들어갔다. 일촉즉발의 아찔한 위기의 순간은 그렇게 지나갔다.

유부녀와의 밀회는 원래 짜릿한 스릴에 묘미가 있다는 플레이보이들의 요설(饒舌)을 들은 일이 있지만, 그들은 남의 눈을 의식하지 않았다. 그들은 옐로카드를 들어 보이는 심판의 경고를 무시하고 위험한 발길질을 계속해 대는 축구선수 같이 느껴졌다.

매일 아슬아슬한 하루였다. 이제는 대놓고 아래채 안방을 주인처럼 드나드는 P군 때문에 무슨 일이 일어날지 모른다는 불길한 예감에 나는 불안했지만, 그들의 얼굴에는 전에 없던 생기까지 돌고 있었으니 도무지 이해할 수 없었다. 사랑이란 종류 불문하고 좋기만 한 것인가?

이즈음 나의 머리에는 비록 헛발질이 되는 한이 있더라도 마지막으

로 무슨 수라도 써 봐야겠다는 생각으로 가득 차 있었다. P군은 여성 편력
이라면 누구 못지않게 화려한 기록을 보유한 프로였다. 그에게는 자신 있
는 화두였고 그의 자존심의 버팀목이기도 했다. 나는 이 점에 착안하여 그
의 마음을 돌려 보기로 하고 방에서 낙산을 바라보며 며칠을 구상했다.

내가 쓰고 있던 독채의 조그만 독방은 창문이 낙산 중턱을 향해 있
어서 전망이 좋았다. P군은 평소에는 내 방으로 자주 내려와서 밤늦도록
여자를 꼬여 낸 무용담을 들려주곤 했는데, 형수와 쿵짝이 맞고 나서부터
는 발걸음이 뜸했다. 그러다 때마침 내 방으로 건너온 날 저녁 그가 입을
열기 전에 내가 먼저 말을 걸었다. 진실과 마주치기 싫어하는 그의 생리를
감안하여 나는 진지한 이야기를 장난기로 당의정을 입혀서 건넸다.

"야, 너는 프로잖아? 프로가 장사 한 번 하고 그만 둘거야?"

무슨 소린지 알아들었다는 듯이 그는 씨익 웃고만 있었다.

"야, 총각과 유부녀의 불장난을 구경하고 있으려니 질투도 나고…
겁도 나고…."
"왜, 무슨 얘기 들었어?"

그는 드디어 반응을 보였다.

"너, 바보 아니잖아? 요즘 아저씨 보면 몰라? 눈매가 무서워!"

나는 아무 대답 없이 멍한 표정을 짓고 있는 P군의 영웅심도 건드렸다.

"P도사의 사업을 여기서 중단할 수는 없잖아? 새로 시작해 보는 거 어때? 네가 노래처럼 말했었지? 지구는 넓고 여자는 많다고!"

악(惡)을 악으로 막아 보라는 조언 역시 악인 줄은 알았지만 그렇게라도 해 보지 않을 수 없었던 절박함이 있었다. 그리고 조금 뜸을 들였다가 나는 작심하고 꺼내기 힘든 그의 형의 불행했던 과거사까지 들먹였다. 순간 P군의 표정이 어두워졌다. 비록 어설픈 로직이긴 했지만 그를 설득하기 위해서는 가릴 것이 없었다. 나는 그때처럼 진중한 친구의 모습을 일찍이 본 적이 없었다. 그는 입을 닫은 채 한동안 그렇게 있었다. 이때다. 나는 쐐기를 박아야겠다고 생각했다.

"누구나 한때의 불장난에 빠질 수는 있지, 너무 길면 좋지 않을 뿐이고."

이제 형수를 놓아 주자는 나의 거침없는 말에 P군은 아무 말 없이 담배만 피우고 있었다. 천천히 고개를 끄덕이며 연기를 내뿜고 있었다. 나의 작전이 일단 성공한 것으로 생각되었다. 그러나 알고 보니 정작 궁극적인 해결의 열쇠는 형수 손에 있었다. 나는 마지막이라는 기분으로 그녀와 독대의 자리를 마련했다. 그녀는 P라는 깊은 심연에 빠져 허우적대는 자신의 모습을 부끄럼 없이 고백하고 있었다. 그녀에게 내일은 없었다. 오늘만이 있을 뿐이다. 대화나 설득은 이미 물 건너간 상황이라 나는 일방적으로 최후통첩만 날렸다.

초겨울로 접어든 어느 날, 두 사람 사이를 오가며 기울인 나의 노력이 효과가 있었던 것인지, 아래채는 이사를 나갔다. 사실은 사태의 실체를 간파한 아저씨의 눈물 어린 결단 때문이었겠지만 말이다. 떠나가는 아저씨의 뒷모습에는 비통한 심정으로 철군하는 패장의 모습이 오버랩되고 있었다. 나는 어찌 되었든 위기일발의 시한폭탄의 뇌관이 제거된 것은 큰 다행이라고 생각하며 한숨을 몰아쉬었다. 큰 불길을 잡은 소방수와 같은 심정으로!

그런데 이게 어찌 된 일인가? 이사로 끝난 것이 아니었다. 나의 안테나를 벗어난 그들의 밀회는 보다 은밀하고 자유로운 분위기에서 진행되고 있다는 사실을 알게 된 것은, 그들이 이사한 후 두어 달 지난 시점에 P군의 고백을 통해서였다. 나는 두 손을 들었다. 더 이상 어찌해 볼 의욕이 사라져 버렸다. 산불을 초기에 진화하지 못했던 것이 나의 책임이었을까? 그것은 분명 나의 능력과 책임의 한계를 크게 벗어난 대형사건이었다. 다만 나는 친구를 위한 일념으로 열심히 뛰었던 것일 뿐이었다.

나는 이화동 생활에 염증을 느끼기 시작했다. 탈출하고 싶었다. 때마침 얼마 전에 시작한 예비고시 준비도 본격적으로 할 생각에 짐을 꾸렸다. 이화동에 처음 입주하던 날처럼 보따리 이삿짐을 싸 들고 나오던 날에도 하얀 눈이 내려 주고 있었다. 꼭 1년이 되었음을 기억하라는 듯이.

(후기)

P군에 대한 나의 결론은 그도 피해자일 수 있다는 것이었다. 그의 아버지의 벼락 성공은 그의 실패에 기여한 듯했다. 드넓은 푸른 초원에서 마음껏 자유로이 뛰어다니던 야생마는 어릴 적부터 고삐 풀린 말이었다. 부모님이 안 계셨던 그의 기와집은 영주역 가까이 있었다.

그의 집밥을 먹고 서울 생활에 연착륙했기에 나는 그에게 빚진 자이다. 그런 친구이기에 그의 이야기를 본 책자에 올릴 것인가 말 것인가를 놓고 마지막까지 고민했다.

이것은 젊음의 최전성기에 두 사람이 함께 등장하는 한 편의 이야기이기에 만약 이것을 탈락시켜 버린다면, 그 당시 나의 '삶의 정황(Sitz im Leben)'은 뻥 뚫린 빈 구멍으로 남을 수밖에 없을 것이기 때문이다.

너무 일찍 떠난 벗들

우리는 1968년 안암동 캠퍼스에서 운명적으로 상봉했다. 풋풋한 젊은 시절, 상과대학 동기로서 평생의 지기(知己)들을 만났다. 2018년에는 우리가 처음 만난 지 50년을 기념하는 화려한 축제도 열렸다. 반세기라는 긴긴 세월 동안 우정을 키워 왔고 지금까지도 등산, 골프, 식사를 함께하며 서로에게 든든한 힘이 되고 있다.

살아 있는 자들의 축제를 지켜보면서, 애석하게도 젊음을 꽃피워 보지도 못하고 일찍 우리 곁을 떠나 버린 친구들에 관해 아주 가느다란 실오라기 같은 추억의 고리 하나를 잡고, 그들을 회상해 보는 시간을 갖는 것도 의미가 있을 것 같다. 오랜 세월이 흘러 어쩌면 이들의 이름이나 얼굴조차 기억하지 못하는 친구들도 있을 법하지만 말이다.

김운각(金雲珏) 존형

　그는 경영학도였지만 섬세한 감수성을 가진 문학청년이기도 했다. 나는 아둔해서 무슨 이념서클이나 규모가 큰 조직 활동은 참여해 볼 기회를 놓쳤지만, 몇몇 친구들과 취미 동아리 성격의 모임은 여럿 있었다. 교양학부 시절, 김운각은 그렇게 해서 함께하게 되었던 친구로서 문학 서적을 읽고 마주 앉아 독후 서평을 나누면서 문학적 소양을 길렀는데, 그때 도서관에서 두 사람이 경쟁적으로 읽었던 교양학부 추천 수십 권의 고전들은 지금까지 나에게 말하고 있는 듯하다.

　프레시맨으로서 맞았던 여름방학, 나는 잠시 고향에 내려가 조용히 지내던 중 우체부가 전해 준 반가운 우편엽서를 받았다. 그것은 안부 편지가 아니라 낭만적인 장면 뒤에 감전되는 듯 찌릿한 그 무엇을 느끼게 해 주는 김운각의 글이었다.

> "밀려오는 파도는
> 영겁의 바위를 치고,
>
> 부서지는 하이얀 포말은
> 나의 얼굴을 때리고."

　아주 짤막한 네 줄의 시는 20대 청년의 마음을 흔들어 놓고 있었다.

그는 인천 제물포고 출신으로 이 글은 고향 인천의 바닷가 어드메 쯤에서
쓴 게 틀림없는 듯했다. 왜 홀로 바닷가를 찾았을까? 대학 1학년 시절, 고
향의 해변에서 먼 바다 너머로 그가 보았던 것은 혹 먼 훗날 그에게 파도처
럼 밀어닥칠 검은 먹구름이었던 건 아니었을까?

　　김운각은 졸업 후 유수의 대기업에 취직한 지 몇 달 안 되어 회사에
서 단체로 이동하던 중 불의의 교통사고로 유명을 달리했다. 20대 중반의
꽃다운 나이에 그가 떠나간 후 종종 그를 생각할 때마다, 또 휴가차 바다를
찾을 때에도 이 네 줄의 시가 머릿속에 불현듯 떠올랐고, 그래서 메모 되지
않은 채로 50년 넘도록 생생히 나의 기억 속에 살아 있는 것이다.

김기환(金基煥) 존형

　　그는 재학 시절 똘똘하고 싹싹하고 영어를 잘해서 친구들 사이에
인기가 있었을 뿐만 아니라 리더로서의 자질도 보여 주었다. 하지만 나와
는 그저 평범한 동기로 지냈을 뿐이었다. 그러던 그와 특별한 관계를 맺게
되었던 것은 미국에서였다. 1979~1981년 나는 미시간주 이스트 랜싱의 미
시간주립대 경영대학원에서 공부하고 있었고, 김기환은 일리노이주 시카
고의 국제상사 지사에 근무하고 있었다.

　　1980년, 그는 내가 랜싱에서 방학을 이용하여 '500불짜리 웨딩'을 올
렸을 때 시카고에서 4~5시간 차를 몰고 달려와 준 의리의 사나이였다. 양

가 집안 식구들도 참석하지 못했던 결혼식이었던만큼, 이역만리 타국에서 대학 친구 한 사람의 참석은 우리 가족의 한 사람이 참석해 준 듯한 기분이었다. 그 후 미국에 체류하는 동안 서로 연락하면서 지냈다.

그에게 불행이 닥쳤던 것은 나와 만난 지 얼마 안 되었던 시기였다. 불행과 불운이 꼬리를 물고 그에게 몰려오고 있었다. 그의 상사였던 지사장이 회사 돈을 횡령하고 잠적해 버린 사건이 일어났다. 지사 간부의 한 사람으로서 서울 본사로 귀대하라는 문책성 인사 발령에 그는 고민하고 고민했다. 그가 지사장의 단독 음모를 눈치챘을 때는 이미 범인이 잠적해 버린 뒤였다. 칼처럼 결백했던 그에게 닥친 너무나 큰 시련이었다. 지사장이 부재한 상태에서 자기의 결백을 증명할 길이 없다고 판단한 김기환은 미국에 남겠다는 어려운 결정을 했다. 그러나 이내 불법 체류자의 신분으로 전환되자 그의 생활은 많이 어려워졌다. 다행히 중형 그로서리 스토어의 주인에게 그의 능력과 성실성을 인정받아 현금 관리 업무를 포함한 전반적인 관리 업무를 도맡게 되면서 집안 형편도 어느 정도 풀리고 있었다. 한편으로 그는 유대인 이민 전문 변호사의 도움으로 이민 수속을 밟으면서 미국에서 가족과 펼칠 꿈을 그리고 있었다.

그러던 어느 날, 영업 마감 후 은행에 입금하지 못한 일부 현금을 몸에 지닌 채 늦은 밤 집 근처 주차장에서 주차하던 중 흑인 강도의 습격을 받았다. 끝까지 사투를 벌인 끝에 그는 총격을 받고 숨을 거두고 말았다. 왜 그냥 돈을 주지 않았던 걸까? 무술 유단자로서 그의 패기가 용납하지 못했던 것일까? 사장에게 충성심을 보여야겠다는 절박함 때문이었을까?

30대 초반의 아까운 인생에게 눈물겹도록 안타까운 순간이었다.

서태원(徐泰原) 존형

　나의 고향과 가까운 안동고 출신에다, 촌티를 못 벗은 순박한 얼굴 때문이었을까? 거무스레한 얼굴에 치아는 유난히 하얗게 빛났던 그와 나는 쉽게 상통했다. 그는 말수가 적었고 친구를 배려하는 마음이 깊은 친구였다. 졸업 후, 서태원과 나는 직장도 지척으로 그의 기업은행과 나의 한국산업은행은 을지로 입구에 자리 잡고 있었다. 입행 직후에는 서로 사무실을 오가며 식사도 하고 커피도 마셨다. 그러다 바쁜 일로 수개월 동안 만나지 못하고 지내던 어느 날, 서태원의 전화가 걸려 왔다. 목소리는 분명 서태원인데 나에게 존댓말을 쓰고 있었다. 장난인 줄 알았다.

　"박찬성 씨? 지금 내 수첩을 보고 전화하는 건데, 나를 아세요?"

　기가 막힐 노릇이었다. 장난도 아니고 나를 찾아와 보겠다고 했다. 잠시 후 우리 사무실에 들어서면서 나를 보자 알아보는 눈치였다. 우리는 구내 다방으로 갔다. 그는 나를 붙잡고 하소연을 했다. 몇 달을 제대로 자지 못해 체중이 떨어지고 밥맛도 없어지고 죽을 지경이 되어 할 수 없이 병원에 갔더니, 정신과 치료가 필요하다고 강제로 입원시켰다. 집요하게 그를 괴롭히던 '나쁜 기억'을 지우기 위해 전기 충격 요법을 받았는데, 정상적인 기억마저 함께 날아가 버린 듯하다고 말했다.

그는 '나쁜 기억'에 관한 얘기를 털어놓았다. 처음 듣는 놀라운 얘기였다. 대학에 다닐 때 여름방학에 고향에 갔다. 칠흑같이 어두운 밤, 그는 바람 쐬러 동네 앞 제방둑을 거닐다가 소변이 마려워 기차 철교 밑 풀숲을 헤치고 내려가 일을 보고 있었다. 마침 그때, 자기가 좋아하던 동네 처녀가 뚝방 위로 지나가고 있었다. 그녀가 철교 다리 사이로 그를 내려다보며 웃음을 짓는 듯했다. 이튿날 동네에 나갔을 때 서태원을 보는 사람마다 어른 아이 할 것 없이 웃으며 외면하더라는 것이다. 그때부터 그는 처녀가 자신의 '거시기'를 본 것이 틀림없을 뿐 아니라, 동네에 소문까지 퍼뜨렸다는 확신을 갖게 되었고 그 '부끄러운 생각'을 떨칠 수 없어서 자기를 괴롭힌다는 이야기였다.

이 정도까지 얘기에도 심히 걱정스러웠는데, 이어지는 이야기는 사람을 더욱 황당하게 만들었다. 그는 자기가 입원했던 정신병원의 간호원과 의사들이 전부 간첩이라고 주장했다. 입원해 있을 때 간호원들의 전화 소리를 가만히 들어 보니, 간첩과 접선하고 있었고, 의사에게 얘기했지만 모두 한통속인지 웃기만 하더라는 것이다. 그래서 경찰에 신고했는데 의사들이 미리 손을 썼는지 자신의 신고를 무시하더라는 것이다. 그는 큰일 났다며 걱정이 태산이었다.

이런 걸 의학 전문 용어로 뭐라 하는지 몰랐지만, 그는 심한 정신과 질환을 앓고 있었던 것이 분명했다. 서태원은 마음이 너무 여린 사람이었다. 그는 부친을 일찍 여의고 어려서부터 홀어머니 밑에서 자랐다. 혹시 그 점과 무슨 연관이 있었던 건 아닐까? 마을 사람들과의 관계도 어떤 함의(含意)가 있을지도 모른다. 대학 시절 그렇게도 친하게 지내면서 나에게조차 일절 내색하지 않았던 그를 바라보며, 나는 아무것도 도와줄 수 없다는 무력감에 안타까울 뿐이었다. 여전히 그의 눈은 퀭하게 들어가 있었고, 돌아가는 뒷모습은 어깨가 처져 있었다. 놀랍게도 그의 병세는 반짝 호전을 보여서 정상적인 근무를 하다가, 다시 재발되어 직장을 그만두고 연락도 없이 어디론가 사라졌다. 그의 부음(訃音)을 전해 들은 것은 몇 해 뒤였다.

차용식(車鏞植) 존형

우리 곁을 일찍 떠나간 앞서 본 세 사람은 하나같이 차분하고 얌전한 성격을 가졌지만, 차용식은 일단 외형적으로는 굉장히 활달하고 당찬 성격의 소유자였다. 160cm의 단구에서 뿜어져 나오는 에너지는 대단했다. 농구를 좋아했던 그는 마닐라 아세아경영대학원(AIM)에 유학할 때에도 필리핀 학생들과 실력을 겨룰 정도로 농구광이었다.

차용식은 유학에서 돌아온 직후, 첫 번째 직장으로 회계법인에 잠시 몸담았다가, 외국계 은행으로 옮겼다. 이 무렵 그는 을지로 입구 나의 사무실을 자주 찾아왔는데 또 한 번의 전직(轉職)에 대해 고심하고 있었다. 그는 고대 영자신문(Granite Tower)의 편집장 출신으로 뛰어난 영어 실력의

소유자였지만 그 실력을 맘껏 발휘할 기회가 없었던지 몸담고 있던 직장
에서 늘 불만으로 가득했다. 그러던 차에, 신한은행으로 전직할 기회를 얻
었다. 고대 선배인 당시 이용만 행장님과는 사적 인연이 닿아서 사전 면담
을 했고, 중견 간부 채용 시험에 우수한 성적으로 합격하여 세 번째로 옮긴
직장이 신한은행이었다. 거기서 그는 실력을 발휘하여 승승장구했는데 몇
년 후 태국 방콕지점장으로 발령 났다.

　　차용식의 마지막 떠나간 길은 지금도 얘기하기조차 너무 처참하다.
그는 아내와 두 아들을 데리고 방콕으로 갔다. 호텔 방에 잠자는 두 아들
을 두고, 부부만이 이른 아침에 차를 몰아 어딘가를 가다가 불의의 교통사
고를 당해 그 자리에서 모두 절명했다. 너무나도 비참한 최후였다. 철부지
두 아들은 부모에게 닥친 끔찍한 불행도 모른 채 자고 있던 사이 고아가 되
어버린 참혹한 순간이었다.

　　대학 시절부터 나는 그의 외적 당당함 뒤에 숨겨져 있는 그의 말랑
말랑한 속살을 알고 있었다. 그는 정규 고교 출신이 아니라는 점에 대해 일
종의 콤플렉스를 가지고 있었고, 누님의 삼양동 집에 더부살이하던 용식
의 방에 놀러 갔을 때, 그가 얘기하지 않은 더 많은 이야기를 눈으로 들을
수 있었다. 언 땅을 뚫고 싹을 내민 용식이었다.

　　세월은 친구의 비극도 삼켜 버리는 것일까? 그럭저럭 10여 년의 세
월이 흐르는 동안 그에 관한 생각도 잊고 지내고 있었다. 그러던 어느 날,
용식에 대한 나의 기억을 되살려 준 사람이 있었으니, 그는 뉴욕에서 만
났던 한국경제신문 이학영 특파원이었다. 당시 나는 뉴욕 산은 현지 법인

KASI에 대표로 있었다. 뉴욕 특파원들과 함께하는 자리에서 인사를 나누고 내가 고려대 경영 68학번이라고 소개하자 이 특파원은 바로,

"그럼, 차용식 선배와 동기시겠네요?"

족집게처럼 집어내는 데 놀랐다. 듣고 보니, 이 특파원과 차용식은 같은 고대 영자신문의 편집장 출신이라, 10여 년의 대선배를 너무나 잘 알고 있었다. 대학 시절뿐 아니라 졸업 후에도 차용식은 영자신문 편집장의 경력에 대해 프라이드가 강했었다. 당연히 그의 후배에 대한 사랑은 대단했을 것이다.

　　그가 태국으로 떠나기 몇 해 전, 서초동 그의 아파트로 저녁 초대를 받아 갔을 때 3~4살쯤 되어 보이던 두 아들과 이대 무용과 출신의 발랄했던 그의 아내가 생각난다. 다복했던 그의 가족과 함께했던 그 시간을 정지시킬 수만 있다면 얼마나 좋을까!

은사님들에 대한 추억

우리가 대학을 다녔던 1960년대 말~1970년대 초는 역사가 소용돌이치던 시기였다. 무장 공비 청와대 침투 사건인 1.21사태(1968년), 3선 개헌(1969년), 윤필용의 수경사 무장 군인 고대 난입 사건(1971년) 그리고 유신 헌법(1972년) 등 굵직한 역사적인 사건들로 점철되었던 시기로, 수많은 대학생이 정치의 장으로 휩쓸려 들어갔다. 학업 분위기는 썰렁했고, 안암동은 삼엄한 위기감에 쌓여 있던 시기였다.

방황하던 우리에게 가뭄에 단비 같은 시원한 목소리가 들려 왔으니, 1970년 김상협 고대 총장의 취임사였다. 가을 하늘 아래, 안암동 캠퍼스에 울려 퍼졌던 그의 찌렁찌렁한 목소리는 우리에게 나아갈 방향을 제시하면서 도전 의식을 일깨워 주고 있었다. 역사의 흐름 속에 수동적으로 매몰되는 객체가 아니라 역사의 흐름을 능동적으로 이끌어 갈 수 있는 '지성(知性)과 야성(野性)'을 갖춘 사람이 될 것을 외치고 계셨다.

"고대 학생 여러분! 미국 국민은 왜 위대한 줄 아십니까? 민주주의
와 독립선언문이 있기 때문만이 아닙니다. 그들에게는 날카로운 지성에
바탕을 둔 현대의 합리주의 정신이 있는 동시에, 끈질긴 야성에 바탕을 둔
원시에 가까운 개척 정신이 있기 때문입니다."

우리가 입학하던 1968년은 '상학과'라는 과(科) 명칭이 살아 있었던
마지막 해였고, 상학개론(商學槪論)이라는 과목도 이제 경영학으로 흡수되
고 있던 시기였다. 그러한 시기에 우리 학교에는 당시 국내 상학계의 태두
(泰斗)로 존경받고 있던 김효록(金孝錄, 1904~1972) 교수님이 유일하게 상학
을 강의하고 계셨다. 김 교수님은 내가 태어나던 1948년에 고대 교수로 부
임, 1969년에 정년퇴임하셨다. 고대 기업경영연구소 설립 및 초대 소장, 경
영대학원 설립 및 초대 원장을 역임하신 고대 상과대학의 역사이자 한국
경영학 교육의 선구자였다. 김 교수님은 우리가 1학년 때, 상과대학에서
정년을 1년 앞둔 가장 연로하신 교수님이었다. 그래서인지 휴강이 제법 잦
았던 교수님으로 기억된다. 어느 날, 분명 교수님을 교내에서 보았는데 강
의 시간에 나타나지 않으셨다. 교수님 방에 찾아가 보니, 교수님은 본인이
직접 두시는 것도 아니고 태연하게 동료 교수들이 두고 있는 바둑에 훈수
를 하고 계셨다. 강의 시간이라고 알려 드리자 하시던 말씀은 아직도 진담
인지 괴변인지 헷갈리게 하고 있다.

"대학 공부는 너희들 스스로 하는 것이야!"

경제학(經濟學)을 강의해 주신 성창환(成昌煥, 1917~2009) 교수님은 선비와 같은 학자의 풍모가 두드러졌다. 국가재건최고회의 박정희 의장의 경제고문을 지내셨다는 교수님의 경력은 우리에게 호기심을 불러일으켰다. 우리는 군더더기 없는 경제원론 강의를 들으며 국민소득, 경제성장, 실업 등 거시(Macro)경제에 대해 처음 눈을 떴고, 수요공급에 의한 가격 결정 메커니즘, 즉 미시(Micro)경제 이론과 화폐금융론까지 배우고 나서는 경제를 제법 아는 듯한 착각에 빠졌다. 이런 우리에게 교수님의 마지막 강의 시간의 한마디는 우리 풋내기 경영학도들에게 주시는 경고의 말씀이었다.

"여러분이 지금까지 들은 경제학 강의는 지도로 서울 지리를 공부한 것에 불과하다. 실제로 광화문과 남대문을 가봐야 한다. 다시 말하면, 실물 경제의 현장에서 문제를 맞닥뜨릴 때, 이것이 내가 배웠던 지도상 어디쯤이었던가 하는 것을 기억해 내면 도움이 될 것이다."

경영학원론(經營學原論)을 강의해 주신 정수영(鄭守永, 1918~2006) 교수님은 한마디로 '꼬장꼬장한' 교수님이었다. 늘 단정한 감청색 정장에 한 치 흐트러짐 없이 진행했던 강의 시간은 독특하게 매시간마다 '제○강 ○○○○'이라고 강의 주제부터 판서(板書)하시고 강의를 시작했다. 우리는 교수님에게 테일러의 과학적 관리법(Taylorism), 포디즘(Fordism) 등 혁신적

인 경영관리기법을 배웠다. 그뿐만 아니라 기계적 경영관리론에 대한 반
발로 나타난 엘튼 메이요 등 인간관계학파의 대두와 그들의 이론은 물론,
당시에는 생소했던 사업부제 조직이라는 신조직 이론도 배웠다. 경영 전
반에 눈을 뜨게 해 주신 분이었다. 20세기 초엽 미국에 획기적인 산업 부흥
과 경제 발전을 가져다주었던 테일러주의가 경영자에 의한 노동 지배 수
단이 될 것이라는 우려로 미국 노동조합으로부터 저항을 받기 시작한 이
후, 경영자와 노동자의 끝없는 투쟁을 불러와 드디어 정부가 개입하게 되
었다는 사실보다, 소련이 이 제도를 과감하게 채택했었다는 사실에 더욱
놀랐다. 소련이 이 제도를 채택했다는 것은 굉장히 아이러니컬하다. 볼셰
비키 혁명 이전에 레닌이 노동자를 착취하는 도구라고 강하게 매도했던
것이 테일러주의였다. 이것을 그가 받아들일 수밖에 없었던 것은 혁명이
성공한 후, 사회의 인프라가 엉망이 된 상황에서 무슨 수를 써서라도 생산
성을 획기적으로 향상시키는 일이 발등의 불이었기 때문이다. 결국 성과
급 제도와 특수 기능인들에게 주는 보너스 제도 등은 공산 체제 내에서 오
래 지속할 수 없는 성질의 제도였기에 그들의 실험은 실패를 예약한 것이
었다.

　　상과대학의 프레시맨으로 처음 만났을 때, 어떤 교수님은 범접하기
어려우리만큼 냉정한 위엄이 흘렀고, 어떤 교수님은 아주 인간적이고 형
님처럼 다정했다. 나에게 가장 인상적이었던 분은 회계학을 가르쳐 주신
유세환(劉世煥) 교수님이었는데, 후자 쪽이었다.

　　유 교수님은 다혈질이라 감정 변화의 폭이 컸지만 그것은 잠시뿐이

었고, 푸근한 형님 같은 분이었다. 유 교수님은 딱딱한 회계학을 아주 유머러스하게 가르쳤다. 회계학의 입문 과정인 부기(簿記)의 첫 학기 개강 시간이었다.

"부기란 에~ 부크(book) 부(簿)자에, 키핑(keeping)기(記)자, 그러니까 부기란 북키핑(book-keeping)이란 말이야, 알겠어요?"

그러고 나서 대차대조표의 차변과 대변을 설명하시다가, "자산의 증가는 차변!" 하시더니 지갑에서 만 원권을 꺼내어 교수님 이마에 척 붙이는 것이다. 가히 개그맨을 능가하는 몸짓으로 학생들의 웃음을 자아내면서, '부기'의 '부'자도 모르는 상과대학 문과계 출신 신입생들의 이해를 돕기 위해 온몸을 던지는 교수님의 강의는 우리에게 스승의 열정을 느끼게 하기에 충분했다. 회계학을 정말 '간간하게' 배워서 공인회계사(CPA)에 도전하고자 한 친구들은 당시 국내 회계학계의 1인자 조익순 교수님 강의를 선택했지만, 나는 부기에 이어 회계학, 원가회계까지 일관되게 유 교수님의 강의를 들었고 지금 돌아봐도 나의 결정에 후회는 없다. 군대 문제로 졸업이 들쑥날쑥했지만, 거의 대부분 대학을 졸업하고 직장 생활을 본격적으로 시작할 무렵인 1975년 무렵이었다. 우리는 광화문 근처에 있는 중국집 태화관에서 졸업 후 첫 68상대 동기회로 모였다. 재학 중 군대를 다녀온 친구들보다는 조금 일찍 졸업해서 한국산업은행에 자리를 잡고 있었던 나는 동기회에 봉사할 수 있는 위치에 있었고, 나의 제안으로 유세환 교수님

을 이 자리로 모셨다. 지금도 기억에 남아 있는 교수님의 말씀은,

"축하한다! 막 졸업한 여러분들은 끼리끼리 서로 어디가 월급을 더 많이 주나? 보너스는 얼마인지, 근무 여건은 어떤지 하면서 직장 정보를 서로 비교하느라 처음에는 자주 어울리게 될 것이다. 그러나 조금 지나 보라. 각자 직장 일에 쫓겨 치열한 경쟁 대열에 들어서게 되면, 친구들 모임은 등한시하게 될 것이다. 그렇다고 걱정할 것은 없다. 나중에 각자 자리를 잡고 나면 또 서로 보고 싶어서 모임에 열심을 낼 것이다."

지나고 보니 딱 맞는 말씀이었다.

2018년, 경영학자로서는 최초로 대한민국학술원 회장으로 선출되신 김동기(金東基) 교수님은 미국식 마케팅 이론의 도입과 발전에 선봉장 역할을 하였다. 내가 김 교수님의 강의를 처음 들었던 것은 교수님께서 미국 유학에서 돌아오신 직후 오직 영어로 진행했던 마케팅 강의에서였다. 나는 강의 내용보다 그의 완벽하고 유창한 영어 실력에 더 매료되었다. 교수님이 하버드 경영대학원에서 했던 연설문을 텍스트로 해서 몇 시간은 배웠을 것이다. 한국 경제의 역동성과 한국 기업가 정신 전반에 관한 명연설문이었던 걸로 기억된다. 김 교수님은 젊은 시절 한때 문학도를 꿈꾸셨다더니 과연 문장의 달인이었다. 김 교수님은 학기 초반에, 우리에게 자기의 장래 꿈에 대한 영문 에세이 쓰기를 과제로 주셨다. 군데군데 언더라인하시고 맨 끝에 "당신의 꿈이 이뤄지는 날, 만나자"라는 코멘트와 함께 표지에 'Excellent!'라고 써 주신 페이퍼는 지금은 사라졌지만 제법 오랫동안

보관한 나의 애장품이었다.

　내가 4학년 졸업반 시절, 컬럼비아 경영대학원에서 공부하고 막 돌아오신 지청(池淸) 교수님으로부터 투자론(投資論)을 배울 수 있었던 것은 행운이었다. 당시 진부했던 투자론에 할인현금흐름(Discounted Cash Flow) 분석기법을 도입한 합리적 투자 결정 방법론은 국내에서 신선한 이론으로 소개되고 있었다. 컬럼비아대의 조엘 딘(Joel Dean) 교수에게서 배운 자본예산론(Capital Budgeting)을 '따끈따끈하게' 소개했던 지 교수님의 강의는 나의 한국산업은행 입행 시험에 결정적인 도움을 주었다. 경영학 시험 문제의 상당 부분이 교수님의 지도로 이미 풀어 보았던 설비투자 결정 여부를 묻는 유형이었기 때문이었다. 시설 투자 자금 공급을 전문으로 하는 한국산업은행으로서 합당한 문제였다.

　대학을 졸업하고 취직도 하고 나면 다음으로 다가오는 청년들의 인생의 당면 과제는 결혼 문제일 것이다. 졸업하고 비교적 일찍 결혼했던 친구들은 주례 선생님으로 교수님을 모시고 싶어 하는 것은 당연하지만, 우리 상과대학 은사님들은 왜 그러셨는지 모르겠지만 주례를 기피하는 듯했다. 졸업 후 얼마 동안 동기회에 봉사하고 있던 나는 친구들이 주례를 교섭하는 일에 힘을 보탰는데, 할 수 없이 상과대학 밖에서 찾아볼 수밖에 없었다. 이때 의외로 선선히 응해 주셨던 분은 정경대의 조동필 교수님과 법대의 윤세창 교수님이었다.

　조동필(趙東弼, 1919~2001) 교수님은 정부의 경제 정책 자문으로 활동이 많았던 분이라 고대 밖에서 더 유명하신 분이었다. 특히 그분의 덥수룩

한 헤어스타일은 짙은 검은 뿔테 안경을 덮고 있어 1~2분마다 한 번씩 오른손으로 머리를 치켜올리곤 하셨다. 이에 어울리게 목소리 또한 굵고 매력적이었다. 조 교수님에게는 한국경제론(韓國經濟論)을 배웠다. 자본축적이 부족한 후진국은 빈곤의 악순환을 끊기 위하여 외자 도입을 통한 불균형 성장전략을 선택할 수밖에 없다는 미국 경제학자 넉시(R. Nurkse)의 이론을 많이 강조하셨던 것으로 기억되며 우리나라가 취했던 경제 정책이기도 했다.

윤세창(尹世昌 1918~1999) 교수님에 관해서는 공개하기 좀 망설여지는 나의 사적인 비화(秘話)가 있다. 나는 선생님께 행정법(行政法) 강의를 두 학기 들었고, 대학원장으로 계실 때 두 차례 친구 결혼식 주례로 모시면서 친해졌다. 신랑을 대신하여 예식 후 따로 식사를 대접하고, 차로 모시면서 함께하다 보니 사적인 이야기까지 나눌 정도로 발전했다. 교수님은 일본에서 공부하셨던 탓일까? 한국산업은행에 대해 상당한 호감을 갖고 계신 듯했다. 한국산업은행 전신이었던 일제 시대 식산은행(殖産銀行)의 역사까지 꿰뚫고 계셨다. 비슷한 연배로 고대 법대 교수로 함께 계시던 김진웅(金振雄) 교수님이 한때 한국산업은행 조사부에 근무하셨다는 얘기도 해 주셨고, 당신의 절친인 당시 연세대 법대 김현태 학장님의 사위가 한국산업은행 직원이라는 사실까지 말씀해 주셨다. 이것이 어떤 의미를 담고 있는 말씀이란 것을 나중에 알아차렸다.

신입 행원 시절, 매일 함께 붙어 다녔던 외환은행 종로지점의 정해학(丁海鶴)의 결혼식 주례도 윤 원장님께서 해 주셨다. 식후 내가 주례로 수

고하신 윤 교수님을 우래옥으로 모셨던 날은 특별한 날이었다. 단둘이 식
사하면서 보통 때와 달리 나의 신상에 관해 캐묻기 시작하실 때 감이 좀 이
상했다. 그 일이 있고 얼마 후, 은사이신 유세환 교수님과 지청 교수님 두
분이 내가 근무하고 있는 한국산업은행 기획부 사무실에 예고도 없이 나
타나셨고 바로 부장실로 직행하셨다. 나는 두 교수님이 당시 한국산업은
행 경영자문단 교수로 위촉된 줄은 알고 있었지만, 그날 회의가 소집된 것
은 모르고 있었다. 부장실에서 나오신 유 교수님은 나를 따로 불러 귀띔해
주셨다.

　　　"윤세창 원장께서 박 군의 은행 평판을 알아봐 달라고 해서 들렀어!"

　　나는 놀라기도 했지만, 은행 제자 한 사람의 사적인 일로 은사 두 분
이 발걸음 하신 것에 송구한 마음이 들었다.
　　신혼여행을 다녀온 정해학은 나에게 주례 선생님 댁에 인사 가는
길에 동행할 것을 강하게 주문했다. 이상해서 물었다. 정해학은 윤 원장님
께 인사차 찾아뵙겠다고 전화를 드렸는데 나와 함께 왔으면 하시더라는
것이다. 평범한 은행원에 대해 원장님께서 큰 관심을 보여 주신 것은 나로
서는 감사한 일이었으나, 한편으로는 부담스럽기도 했다.
　　돈암동에 있는 원장님 댁은 한옥으로 제법 넓은 정원을 품고 있었
다. 우리는 거실에서 가사 도우미가 가져다준 커피를 들며 얘기를 나누고
있었다. 원장님은 정문 옆에 딸린 작은 문간채를 가리키시며,

"옛날, 장덕진이가 우리 집 가정교사로 있었을 때 쓰던 방이야."

하시고는 대학 시절 사시, 행시 그리고 외무고시까지 3부를 합격했던 장덕진 전 장관을 자랑하는 이야기를 길게 하시다가, 슬며시 나의 손을 잡고 안방으로 데리고 가셨다. 안방에 들어서니 사모님께서 조용히 책을 보고 계셨다. 원장님께서 사모님에게 나를 소개하셨다.

"얘기하던 박찬성이야!"

나는 예기치 못한 상황에 당황스러웠다. 얼떨떨해 어찌할 바를 몰랐다. 검소한 차림의 사모님에게 고개 숙여 인사하는 것 외에 할 말이 없었다.

"우리 아이는 아직 학생인데…."

들릴 듯 말 듯, 조용하게 사모님 입에서 나온 말씀이었다. 그날 이후 더 이상 오간 얘기는 없었다. 어찌 됐든, 윤 교수님께서 한동안 한국산업은행 사윗감을 염두에 두셨던 것만은 분명한 사실이었던 것 같다. 나로 말하자면 결혼할 생각도, 준비도 없던 상황이었지만, 결과에 관계없이 평범한 총각에게 각별한 관심을 쏟아 주셨던 교수님께 감사하게 생각하고 있다.

기왕 결혼 얘기가 나왔으니, 나의 결혼에 관한 에피소드 하나를 여담으로 붙이고자 한다. 내가 대학 3학년을 마치고 재학 중에 행시(行試)를 패스하겠다는 각오로 한 해 휴학을 하고 나의 친구 장대봉 군과 함께 강원도 절간으로 들어갔다. 짐을 막 내려놓고 절간 툇마루에 걸터앉아 숨을 돌리는 사이, 주지(住持) 스님이 다가오셔서 나를 보자마자 다짜고짜,

"장가 늦게 가야겠구만!"

놀라서 물었다. 일찍 장가들면 두 번 장가가야 할 운세라나? 초면에 기분이 가히 좋지 않았다. 그 후, 스님의 말은 나에게 신탁(神託)처럼 무섭게 뇌리에 박혔다. 윤 원장님께서 얘기를 꺼내셨을 때에도 그 말이 부지중에 떠올랐다. 의도적으로 노력했던 것은 아니었지만, 나는 그로부터 5년 후에 결혼했으니 결과적으로 늦결혼을 하게 되었던 셈이다.

3부

좋은 사람들과 함께했던

한국산업은행 시절

벽돌의 미학(美學)

시쳇말로 '순간의 선택이 10년을 좌우한다'고 했던가? 내가 첫 직장이자 평생직장으로 봉직했던 한국산업은행과 인연을 맺게 되었던 것은 기이하게도 순간적인 선택에 의한 것이었다.

재학 중에 행정고시를 패스해 보겠다고 2학년 때 예비고시에 합격하고 한 해 휴학을 하면서까지 3번을 응시했으나 낙방했다. 졸업 후까지 도전을 계속할 형편이 아니었기에 쓰디쓴 체념의 시간을 가진 후 취업하기로 결단했다. 그래서 상과대학 취업센터를 찾았던 것이 취업 원서 마감 시한이 임박했던 초겨울 무렵이었다.

파장의 어물전처럼 몇 장 남지 않은 취업 원서 중에서 '우연히' 나의 눈에 들어온 것이 한국산업은행 원서였다. 서둘러 지원했다. 30대 1이 넘는 치열한 경쟁에서 운 좋게 합격했다.

그렇게 해서 나는 1973년 한국산업은행에 입행했다. 좋은 친구들을 만났고 동기들끼리는 각별한 우정을 쌓았다. 당시 함께 입행한 신입 동기회의 이름이 '벽돌회'인데, 처음 듣는 분은 "하고 많은 이름 중에 왜 하필 벽돌이야?"라며 의아하게 생각하실 수도 있을 것이다. 그러나 그 뒤에는 재미있는 스토리가 있다.

1973년 을지로 입구, 지금은 롯데쇼핑센터가 들어선 바로 그 자리에 있던 붉은 벽돌의 한국산업은행 본점 건물에서 신입 행원 연수를 받던 중, 강사 한 명이 여담으로 묘한 말을 툭 던졌다.

"한국산업은행은 말하자면 거대한 건물이다. 단단히 높이 쌓아 올리려면 반듯한 벽돌이 필요하다. 모난 벽돌은 쓸모가 없어서 버려진다."

갓 입행한 20대 중반의 풋풋한 젊은이들을 앉혀 놓고 갑자기 벽돌이 되라니? 무슨 깊은 뜻으로 한 말인지는 몰랐지만, 우리의 반응은 시니컬했다. 그런데 연수 당시의 반응과는 달리 우리끼리 사석에서 만날 때면 장난삼아 서로 벽돌이라고 호칭하며 지내 오던 어느 때부터였던가? 우리 모임이 '73동기회'에서 '벽돌회'로 바뀌어 있었다. 이것은 잘 구워진 벽돌 같은 반듯한 인격과 오랜 세월을 깨지지 않고 견뎌 내는 벽돌 같은 우정을 지향하고자 했던 우리의 뜻이 잘 담긴 이름이다.

1970년대 초, 한국은 한창 수출 드라이브 정책을 펼치던 때였다. 이에 따른 민간 기업 부문에서의 부족한 고급 인력 충원을 위해 은행 쪽 인재들이 대량으로 스카웃되고 있었다. 수많은 선배들이 은행을 떠났고, 그 물결을 따라 우리 벽돌들도 하나둘씩 떠나기 시작해서 남은 동기는 반 이하로 줄어들었다. 비록 동기들의 몸은 산은을 떠났지만 마음은 '벽돌회'에 두고 갔다.

우리 세대의 경우, 직장 동기회의 역사가 우리처럼 반세기에 가까운 예는 적지 않을 터이지만, 입사 초에 직장을 떠났던 친구들까지 합류하여 47년 우정을 나누어 온 예는 흔치 않을 것이다. 현재의 멤버를 보면, 2~3년 근무하다가 떠났던 친구들이 오래 근무한 친구들보다 수적으로 더 우세하다. 우리는 와인처럼 해가 갈수록 우정의 맛이 깊어져 가고 있다. 이것은 '벽돌회'라는 이름이 증명하고 있다.

우리 벽돌 친구들은 모두 어디에 있든 열심히 살아왔다. 일찍 유명(幽冥)을 달리했거나 이민 떠난 친구들을 제하면, 현재 매달 만나고 있는 벽돌회 멤버는 17명이다. 서로에게 든든한 울타리가 되어 주고 있는 친구들, 아래에 적힌 직함과 직장은 지금은 모두 은퇴했으니 물론 전직(前職)이다.

김성옥(金性鈺) 코웰M&A 회장
김왕경(金王坰) 두산캐피털 대표이사
김준기(金俊基) 이수그룹 감사
김창록(金昌錄) 한국산업은행 총재
박찬성(朴贊星) 이크레더블 대표이사
반기로(潘基路) 산은 인프라펀드 대표이사

심재철(沈載喆) 세무회계법인 대표

양명조(梁明朝) 이화여대 법과대학장

오필세(吳必世) 보쉬 코리아 임원

윤재원(尹在諒) 삼경회계법인 대표

이종열(李鐘烈) 김앤장 세무회계그룹대표, 세종대 경영대학원장

장덕영(章德寧) 교보 리얼코 대표이사

정건해(鄭建海) 한영회계법인 총괄대표

정구열(鄭求悅) 울산과학기술원(UNIST) 기술경영대학원장

조상호(趙尙鎬) SPC부회장

조용해(趙龍海) 딜로이트 안진회계법인 부대표

주운하(朱云河) 산은캐피털 대표이사

2013년, 벽돌회 40주년이 되는 해 3월에 한국산업은행 강만수 회장님의 배려로 미사리에 위치한 산은 연수원에서 '40주년 홈커밍' 행사를 1박 2일간 진행했다. 이 행사에는 17명 전 회원이 참여했다. 신입 행원 시절, 한 달간 진행되었던 본점 연수 기간 중 1박 2일 장외 연수를 했던 곳이 바로 미사리 연수원이었기에 우리는 감개무량했다. 40년 전 기억을 더듬으며 연수원 구석구석을 돌아보고 탁구, 배구 등 여러 가지 운동으로 몸을 풀고 하룻밤을 같이 보내며 젊은 날로 돌아갔다. '40주년 홈커밍' 행사와는 별개로 우리는 뜻을 모아 여의도 본점 '산은 어린이집'에 아동도서를 기증키로 하고 수석 부행장실에서 우리의 작은 정성을 전달했다. 지금 산은 가

족의 젖먹이 후예들이 보고 있는 도서 표지에는 '벽돌회 기증'이라는 라벨이 붙어 있다.

벽돌회 40주년 홈커밍 행사.

2018년은 45주년이 되는 해였다. 이번에는 의견을 모아 의미 있는 기념 프로젝트로 문집(文集) 발간을 하게 되었다. 오롯이 우리 힘으로 만들어 보기로 했다. 오랜 세월을 만났고, 만날 때마다 온갖 수다를 떨었지만, 통상적인 만남의 자리가 피차 흉금을 털어 놓기에 적합한 자리는 되지 못했다. 그래서 우리 각자가 은밀히 간직해 오던 자기만의 이야기 보따리를 풀어 놓기로 한 것이다. 담백한 삶의 현장 이야기를 담은 문집은 『벽돌이야기』란 이름으로 출간했다. 진정한 소통이 이뤄진 자리였다. 우리나라에서 직장 동기회의 이름으로 문집을 발간한 사례가 있었는지 과문의 탓에

벽돌회 45주년 기념문집, 『벽돌이야기』.

알지 못한다. 그러나 우리는 기획, 원고 작성, 디자인, 편집, 교정까지 전문가의 도움 없이 스스로 해냈다. 우리의 속살을 담아낸 콘텐츠가 우리가 만든 옷을 입고 그 모습을 드러냈을 때 얼마나 뿌듯하던지!

늘 해 오던 대로 매달 골프를 치고 점심도 하면서 만나고 있지만, 요즘에는 시속을 따라 단체 카톡방을 통해 활발히 소통하고 있다. 몇 년 전만해도 골프 3팀은 가볍게 성원이 되었는데 지금은 2팀으로 줄었다. 애석하게도 근래 들어 몇몇 골프 마니아들이 불의의 사고로 세상을 떠나 버린 데다, 여기저기 고장난 친구들도 있어서 골프모임이 예전만 못하다. 다행히 큰 병은 아닌지라 건강 관리에 조금만 신경을 쓰면 다시 벽돌회의 활력을 되찾을 수 있을 것이다. 100세 시대의 우리는 아직 장년이다.

Viva! 벽돌회!

비밀요정 탐방기

      그리운 1970년대 중반 행원 시절, 퇴근 후 친구들과 자주 어울려 다니던 을지로 입구 다동 일대의 단골 대포집, 포장마차 그리고 정들었던 생맥주집들은 부담없이 친구들과 교유하면서 늦은 밤까지 인생 담론을 펼치고, 상사를 안주 삼아 씹는 곳으로 안성맞춤이었다. 이런 우리에게는 당시의 비밀요정이란 곳은 우리와는 다른 사람들의 유흥장 정도로 막연하게 알려져 있었지, 딱히 가 보고 싶은 생각 자체가 없었다. 게다가 그곳은 엄청 비싸기도 할 테고 말이다. 그런데 이런 격에 맞지 않는 과분한 곳을 우연한 기회에 공짜로 초대 받아 견문을 넓히고 무사히 귀환했던 이야기는 지금 생각해도 자못 짜릿하게 느껴진다.

      동교동에서 하숙하던 시절, 당시 신촌 일대에는 비슷한 또래의 직장에 다니는 총각 하숙생들이 무리를 이루어 둘레둘레 포진해 있었다. 누가 깃발을 잡지 않아도 자연스레 삼삼오오 퇴근 후 회식을 즐길 수 있는 분위기가 만들어졌다. 그날도 퇴근길에 신촌팀 네댓 명이 작당(作黨)하여 종로에서 한잔 걸친 후, 버스를 타고 신촌 로터리에 하차, 각자 걸어서도 가고 홍대 방향은 환승하기도 했다. 신촌에는 마침 비가 내리기 시작했다.

나는 택시를 타려고 줄을 서서 기다리고 있는데, 옆구리에 책을 낀 한 여대생이 친절하게도 웃으며 나에게 우산을 씌워 주었다. 흘끔 쳐다보니 예뻤다. 술기운 때문인가 싶어 고맙다고 인사하며 다시 한번 쳐다봐도 역시 예뻤다. 나는 술김에 객기를 발휘하여 작업을 한번 걸어 봐야겠다고 생각했다. 젊은 혈기에 이런 절호의 찬스를 그냥 놓칠 수는 없지. 취객들이 많아 대기 시간이 길어진 틈을 타서 침을 한 번 꿀꺽 삼키고 용기를 냈다.

"이 근처 학생인가 보죠? 비도 내리는데 잠깐 맥주 한잔 어때요?"

이게 웬일인가? 즉답이 '예스'였다. 기분이 날아갈 듯했다. 그날은 마침 토요일이라 부담 없는 날이었다. 우리는 버스 정류장 바로 옆 대로변의 생맥주 집으로 들어갔다. 학생이 내려놓은 책은 『서양미술사』였다.

너무 오래된 일이라 무슨 이야기를 했는지 기억에 남아 있지 않지만, 어렴풋한 기억으로는 제대로 여자 친구 한번 사귀지 못했던 터라, 그녀의 환심을 사기 위해서 온갖 용은 다 썼던 것 같다. 특히 그림을 그리시던 형님으로부터 귀동냥으로 주워들었던 모딜리아니, 칸딘스키 등 유명 화가들의 이름을 들먹였던 것이 생각난다. 맥주 한 잔을 비울 때쯤 비가 조금 잦아들자 그녀는 그만 가 봐야겠다며 일어서려고 했다. 이대로 헤어지긴 너무 아쉬웠다. 헤어지면 안 되는데 우물쭈물하던 사이 그녀는 가볍게 인사하듯 머리를 숙이며 일어섰다. 혹 시간이 되면 다시 한번 만나고 싶다고 하면서 나의 동교동 하숙집 전화번호를 내밀었다. 다행히 그 여학생은 엷은 미소를 지으며 받았다. 나는 우연한 기회에 월척을 낚은 낚시꾼마냥 콧노래를 부르며 하숙집으로 발걸음을 옮겼다.

전날 과음한 탓에 아침에 눈을 뜨니 머리가 개운치 않았다. 밖에는 비가 다소 세차게 내리고 있었고 출근 부담이 없는 일요일이란 것을 확인하고 다시 잠을 청했다. 하숙집 아줌마가 안방에서 부르는 소리에 깨어난 것은 점심때가 훨씬 지난 시간이었다.

"박 씨 총각! 밥도 안 먹고 종일 잘껴? 어여 전화나 받으라우."

나는 눈을 비비며 수화기를 들었다.

"아직 주무세요? 지금이 몇 신데…."

나는 나의 귀를 의심했다. 분명 어젯밤 함께 맥주를 마시던 바로 그 여학생의 목소리였다. 갑자기 무슨 말을 해야 할지 몰랐다. 그래서 겨우 한다는 말이,

"어제 잘 들어갔어요?"

"네, 지금 비가 많이 오네요. 지금 저, 집에 혼자 있는데…. 비도 내리고 해서 전화 드리고 싶은 생각이 들었어요."

아니, 이게 도대체 어찌된 일이지? 몇 초의 생각할 여유도 주지 않고 그녀는 바로 당돌한 제안을 던졌다.

"우리 집에 오실 수 있어요? 지금?"

어라! 이 무슨 해괴한 일이지? 나는 귀신에 홀린 듯한 기분이었다. 잠시 할 말을 잃고 멍하니 비 내리는 창밖을 내다보고 있었다. 어젯밤 일을 복기(復棋)하면서 찬찬히 다시 생각해 보았다. 그 예쁘장하고 다소곳하던 여학생이 하룻밤 사이에 이렇게 돌변할 수가? 나를 언제 봤다고 아무도 없는 집에 초대한단 말인가? Something fishy! 아무래도 수상쩍다. 뭔가 냄새가 난다, 정확히는 몰랐지만. 시간이 흐르는 줄도 모르고 이 생각 저 생각으로 머리를 굴리던 사이 그녀는 가라앉은 목소리로,

"무슨 생각을 그렇게 오래 하세요? 오시기 힘든가 봐요? 그럼….'

전화를 끊으려 하자, 총알처럼 나의 말이 튀어 나갔다.

"아니, 누구의 초대인데 거절하다니요! 지금 바로 갈 겁니다. 사실은, 룸메이트와 선약이 있어서 고민했어요. 혹 같이 가도 될까요? 친구한테 미안해서요."

나의 아둔한 머리로 어찌 이렇게 순간적으로 둘러댈 수 있었을까? 그녀는 조금 생각하더니, 그럼 그러시죠 하면서 한 시간 후 마포구청 정문 앞에서 기다리겠다며 전화를 끊었다. 전화를 끊고 보니 당장 동행할 친구를 구할 일이 큰일이었다. 당초 룸메이트란 없었기 때문이다. 얼른 떠오른 사람은 바로 인근 동교동에서 하숙하고 있던 은행 동료이자 대학 선배인 최진복(崔鎭福) 형이었다. 비 내리는 오후, 그는 마침 집에서 죽치고 있었다. 경위 설명은 나중 일이고 우선 택시를 타고 마포로 향했다. 내가 택시 안에서 자초지종을 설명했더니 최 선배는 얼떨떨한 표정이었다.

하루종일 비가 오락가락했다. 일요일 오후, 비 내리는 마포 거리는 을씨년스러웠다. 마포구청 앞에 도착해 보니, 그 여학생은 혼자서 우산을 들고 서서 우리를 기다리고 있었다. 그녀는 우리에게 따라오라며 구청 뒤쪽 산길을 앞서 올라갔다. 우리는 한참을 아무 말 없이 올라갔다. 달동네 아가씬가? 생각하던 순간, 제법 넓은 마당이 나타났다. 고급 승용차 2~3대가 서 있었다. 마당 뒷쪽으로 양옥 한 채가 모습을 드러냈다. 독특하게도 1층 사방이 유리문에 하얀 커튼이 드리워져 있었다. 한 중년 부인이 현관에서 우리를 맞았다. 그 학생은 언니라고 소개했다.

"아니? 집에 혼자 있다더니?"

속았다는 생각에 허탈했지만 내색하지 않았다. 그 순간 이곳이 말로만 듣던 비밀요정이란 곳이구나 하는 생각이 스쳐 지나갔다. 그렇다면 이 대학생은 도대체 뭔가? 요정이란 곳에 호객꾼이 있을 리도 없고. 이런 젠장, 전혀 예상치 못한 상황이 전개되면서 은근히 불안해지기도 했지만, 도대체 어떤 일이 전개될지 끝까지 가 보고 싶은 오기가 발동했다.

우리를 안내한 곳은 방이 아니라 2층 거실 소파, 탁 트인 공간이었다. 2층에만 방이 네댓 개가 보였는데 방 문틈으로 이미 얼굴이 불그레해진 회장님들이 하나같이 아리따운 아가씨들과 함께 일요일 대낮부터 질편한 주연을 벌이고 있었다. 최 선배는 여전히 불안한 표정이 역력했지만 나는 덤덤했다. 나의 만용에는 근거가 있었다. 왜? 만약 돈이 목적이었다면 나 같은 신출내기 행원의 빈 지갑을 호객의 대상으로 삼았을 리가 없잖은가? 지금 보라고, 나처럼 젊은 것들은 눈을 씻고 봐도 없잖아! 그렇다면 정말 도대체 뭘까? 합리적 추론이 불가능했다. 드디어 언니라는 여인이 와서 정식으로 인사했다. 자신을 주인이라고 소개했다.

"내 동생이 어제 학교에 갔다가 좋은 남자 분을 만났다고 하길래, 시간되면 한번 모시라고 했어요. 오늘은 그냥 초대한 거니까 부담 갖지 말고 재미있게 얘기하세요."

헷갈렸다. 조금 기다렸더니 거실 소파 앞에 간단한 주안상을 차려 주면서 이름만 듣던 조니워커 양주 한 병을 따 주고 가는 것이다. 이번에는 나도 놀랐다. 불안을 넘어 당혹스러운 얼굴을 하고 있는 최 선배를 보며, 나의 머릿속에서는 복잡한 계산이 돌아가고 있었다. 이것은 상식선을 훨씬 넘어서고 있었기 때문이었다. 옆에 앉은 내 파트너를 다시 한번 자세히 뜯어보았다. 기녀(妓女)와는 거리가 있는 그런 귀티 나는 구석이 보였다. 친동생인가? 그렇게 새빨간 거짓말을 해 놓고 한마디 변명이 없으니 도대체가? 나의 파트너가 최 선배 혼자 뻘쭘하게 앉아 있는 것을 보더니, 자기 친구를 불러오겠다고 말릴 틈도 없이 나갔다. 나는 불안해 하는 최 선배를 다독였다.

"형, 아까 여사장님 얘기 못 들었어? 오늘은 마음 놓고 먹으랬잖아!"

얼마 후 나타난 파트너도 끼리끼리라더니 역시 예뻤다. 짝이 맞춰지자 먹음직한 요리와 술을 마시기 시작했다. 대학물은 좀 먹어 본 것 같기는 한데, 중퇴생인지 아르바이트생인지 분간이 안 되었다. 어쨌거나 이미 그런 것은 더 이상 문제 될 게 없었다. 여자를 보는 내 눈이 어떻게 된 건지 의심스러웠다. 하룻밤이나마 속은 것이 억울했다. 전날 밤에는 대화의 격을 높이려고 무진 애를 썼었지만, 이제는 부담 없어 놀기에 좋았다. 웃으며 이야기를 나누던 사이 양주 한 병이 바닥이 나 버렸다. 한두 시간쯤 지났을까? 여사장이 다시 와서 술 한 병 더 하겠는지 묻자 최 선배가 손사래를 치

며 그만 일어서자고 나에게 눈짓을 했다. 우리가 일어서려고 하자, 여사장
이 자리에 앉더니 차분한 톤으로 입을 열었다.

"저희 음식점이 광화문에 또 하나 있어요. 그곳 단골손님 중에서 믿
을 만한 분만 이리로 모시고 있지요. 오늘은 말씀드린 대로 제가 모신 것이
니 그렇게 아세요."

아이구, 이렇게 고마울 수가! 최 선배에게 그럼 그렇지 하는 안도의
눈짓을 보내기가 무섭게 여사장의 말이 이어졌다.

"그런데 참, 동생 친구 수고한 것을 깜박했네요. 그것만 계산해 주
시면 되겠네요."

라며 청구한 금액이 무려 10만 원이었다. 뒤통수를 한 대 얻어맞은
기분이었다. 10만 원은 당시 행원 한 달 월급 수준이었다. 무슨 특별한 서
비스를 받은 것도 아니고, 그저 거실에 서로 얌전하게 앉아서 술 한잔 했을
뿐인데 황당해서 따질 생각조차 하지 못하고 멍하니 있었다. 바로 그때 아
까까지 눈에 띄지 않은 덩치 큰 젊은이 한 명이 2층을 휘둘러보고 내려갔
다. 심상치 않은 분위기를 감지한 나는 여사장에게 정색을 하고 얘기했다.

"정말 초대해 주셔서 고맙고 과분한 대접 감사합니다. 우리는 샐러

리맨 초년병이라 돈도 없지만, 오늘은 잘 아시는 대로 동생의 전화를 받고 급히 오느라 어딘지도 모르고 생각 없이 왔습니다. 회사에 돌아가서 처리해 드리겠습니다."

회사 전화번호를 남기고 서둘러 나왔다. 비가 내려 일찍 어둑해진 시간이라 각자 하숙집으로 발길을 재촉했다. 가만히 따져 보니 아가씨 봉사료만이 아니라 술값, 밥값이 모두 포함된 바가지 요금이었다. 이런 젠장, 여사장의 고단수(高段數)에 다시 놀라며 머리가 텅 빈 기분이었다. 몇 달치 하숙비가 단숨에 날아가 버리다니, 생각할수록 잠은 점점 멀리 달아나고 있었다.

월요일 아침, 여느 날처럼 동교동에서 출근 버스를 탔다. 오늘 하루에 펼쳐질 일들을 머릿속으로 그려 보는 사이 버스는 을지로 입구에 도착했다. 가장 걱정되었던 것은 그 큰 돈을 당장 구할 수도 없었지만, 요정에서 보았던 그 덩치가 혹 사무실에 나타나기라도 하면 어쩌나 싶어 머리가 무거워지고 있었다. 사무실에 들어서니 김무곤(金武坤) 과장님이 일찍 나와 계셨다. 맥주 박사님에다 소탈한 인간미가 끝내주는 경북고 출신의 과장님이 경상도 말투로 예리하게 한마디 찌르셨다.

"박 형! 어제 무슨 일 있었나? 왜 그리 안색이 안 좋노?"

이 정도 족집게는 되어야 한국산업은행 과장이 되나 보다. 나는 깜

짝 놀라며 몸이 조금 안 좋다고 둘러대고는 화장실로 갔다. 내가 봐도 얼굴
이 누렇게 떴다. 이틀 연속 술에 쩔고, 하룻밤을 꼬박 고민하며 밤을 지새
웠으니 그렇기도 하겠지. 사무실로 돌아와 일거리를 펴 놓고 있었지만, 어
제의 일이 뇌리를 떠나지 않았다. 당시에 나는 신참이라 대서(代書) 업무가
주였다. 글씨 좀 쓸 줄 안다고 우리 과의 결재 서류는 거의 도맡고 있었다.
복사기도 없었던 때라, 먹지를 대고 볼펜으로 꾹꾹 눌러서 몇 장을 쓰고 나
면 손가락이 아려왔다. 한숨을 돌리고 있던 사이, 건너편의 미스 조(趙)가
나에게 전화 왔다고 손짓했다. 가슴이 내려앉았다. 아니나 다를까, 그 여사
장이었다. 모두 열심히 일하던 중이라 나는 기어들어가는 목소리로 지금
바쁘니 오후에 다시 전화달라고 하고는 수화기를 놓아 버렸다.

　　오전 내내 나의 일거수일투족을 몰래 관찰하던 사람이 있었으니 역
시 김 과장님이었다. 점심 시간이 되자 모두 식사하러 나갔지만, 과장님은
책상을 지키고 있었다. 둘만 남게 되자, 나를 부르셨다.

"박 형! 어제 무슨 일이 있었제? 다 얘기해 봐요, 젊은 사람들 뻔하잖아?"

　　김 과장님은 술에만 도사가 아니라 독심술에도 도사였다. 하는 수
없이 주말 사건에 관하여 소상하게 이실직고했다. 나의 말이 채 끝나기도
전에, 과장님은 시원하게 한마디 하셨다.

"야, 박 형! 그런 시시한 일로 고민하고 있었어? 걱정하지 말고, 이따

전화 오면 바로 나를 바꿔 줘요, 알았지요?"

하시고는 점심 약속이 있다며 외출을 서둘렀다. 퇴근 무렵, 드디어 전화는 오고야 말았다. 과장님께서 성큼 내 자리로 오셔서 전화기를 빼앗듯이 낚아채서 사무실이 떠나갈 듯이 다짜고짜 일갈(一喝)하셨다.

"나쁜 놈들! 착한 사람 꾀어서 돈 뜯어먹는 이 사기꾼들아! 집이 어디냐? 오늘 당장 내가 가서 갚아 줄께, 주소 좀 대어라! 빨리 못 대!!!"

우리 과장님이 이토록 화끈하신 줄은 미처 몰랐다. 패기만만한 장수의 단칼에 적장의 목이 댕강 날아가고 말았다. 여사장 스스로 전화를 끊었고 그 후로 다시는 전화도, 청구서도 날아오지 않았다. 우리 과장님의 호통 한마디에 나의 두통거리는 단숨에 날아가 버렸지만, 어쩐지 그날 마셨던 조니워커 한 병 값만큼은 찜찜한 부담으로 오랫동안 남아 있다.

크레타의 공주 아리아드네(Ariadne)로부터 코치를 받지 못했더라면, 아테네의 왕자 테세우스(Theseus)도 괴물 미노타우로스(Minotaurs)를 물리치고 미로를 빠져나올 수 없었을 테지. 이렇게 그리스 신화까지 들먹이면 오버한다고 하겠지만, 사실 나 역시 우리 김 과장님의 도움이 없었더라면 미로에서 속수무책으로 헤맸을 테니까 과장은 아니다.

이상한 하숙집

　　누가 인생을 하숙생이라고 노래했던가? 1968년에 상경해서 서울의 이곳저곳을 전전하며 10여 년간 떠돌이 하숙을 했다. 룸메이트가 결혼하면, 새 짝을 구하기도 여러 번 했다. 그중 기억에 오래 남아 있는 것은 김성옥 벽돌과 함께 룸메이트로 동교동 일대의 하숙집을 옮겨 다니던 때의 일이다.

　　1975~1976년 무렵인 것 같다. 우리는 서대문에서 동교동의 어느 반듯한 가정집으로 이사했다. 처음 하숙을 치는 멋쟁이 안주인의 남편은 잘나가는 대기업의 부장이었다. 상업형 하숙집과 달리 여유 있는 주거 환경에, 주인과 대화도 나누면서 처음으로 격조 있는 하숙 생활을 즐기고 있었다. 그러나 1년을 못 채우고, 주인의 사정으로 우리는 이사를 해야 했다. 수소문 끝에 청기와주유소 건너편 홍익대 입구 쪽에 하숙방이 났다는 연

락을 받았다. 아담한 2층 양옥집인데, 2층의 세입자가 남는 방 하나를 하숙을 친다고 했다. 복덕방 중개인과 함께 답사해 보니 깔끔한 분위기에 방도 적당했다. 우리는 옮기기로 결정했다.

그런데 이사하고 며칠이 지나도록 주인의 얼굴을 볼 수 없었다. 가사 도우미 아가씨와 4~5살 되어 보이는 남자아이 둘이서만 늘 집을 지키고 있었다. 우리가 주인 여자를 대면한 것은 일주일쯤 지난 후였다. 여주인은 젊고 매력적인 얼굴에 날씬한 몸매를 가진 여인이었다. 첫인상과 화장 스타일을 보아하니, 여느 여염집 색시와는 거리가 있는 끼를 발하는 여인으로 보였다. 다른 무엇보다 우리가 놀랐던 것은 첫날부터 나오는 밥상이었다. 다년간 하숙집 밥을 먹고 다녔지만 이렇게 화려한 식탁은 일찍이 본 적 없었다. 그 자리에서 입이 딱 벌어질 정도였다. 매일 아침과 저녁상에는 큰 냄비에 끓인 꽃게탕이나 생선찌개 등이 메인 요리로 밥상 한가운데 올랐고, 그 옆으로 맛깔스런 반찬이 널널하게 차려져 있었다. 밥상 앞에 앉을 때마다 우리는 놀라움과 걱정이 교차되는 묘한 표정을 교환하곤 했다. 언제까지 이렇게 나올란가? 하숙비로 이렇게 차리면 일주일도 못 버틸 텐데? 왜 이렇게 오버하는 거야?

이사하고 얼마 안 된 어느 날 새벽에 은행에 비상소집이 걸렸다. 새벽 미명의 시간에 전화가 온 것이다. 다급히 부르는 여주인의 소리에 나는 잠옷 바람으로 달려 나갔다. 안방에 들어서니 불은 환히 켜져 있었고, 전화기는 여주인 혼자 쓰는 방 안쪽 깊숙이 자리한 화장대 위에 놓여 있었다. 그녀는 몸매가 훤히 드러나 보이는 하얀 잠옷을 입고 있었다. 나는 눈을 둘

곳이 없었다.

전화를 받으니 홍익대 정문 앞에 사시는 기획부 윤관 조사역 부장님이었다. 차를 태워 줄 테니 준비하고 집 앞에 나와 있으라고 하셨다. 전화기를 놓고 눈을 들어 보니, 여주인은 아주 도발적인 자세로 서 있었다. 도대체 어쩌자는 걸까? 분명 잠결의 눈매는 아니었다. 빤히 나를 응시하며 볼 테면 마음껏 보라는 듯이 몸을 가리지도 않았다. 순간 묘한 충동을 느꼈다. 서로 계속 응시했지만 나의 발길은 방을 빠져나오고 있었다. 부장님과의 약속이 나를 방에서 끌어내고 있었다. 10분 내로 준비를 마쳐야 한다.

여주인의 정체가 밝혀지기 시작한 것은 한 달쯤 되던 어느 날, 밤늦게 화장실에 가다 보니 현관에 못 보던 군화 한 켤레가 놓여 있었다. 아침에 거실에서 마주친 남자는 군 고위 장성이었다. 이 집 남자아이의 아비일지도 모른다는 생각이 들었다. 처음 입주할 무렵 주위 누군가에게 듣기로, 여주인이 장안에서 유명한 요정, 명월관의 기생이라더니 소문이 사실인가 보다. 며칠 후, 그녀는 보란듯이 자신의 정체를 의도적으로 드러냈다.

일요일 오전, 우리가 느긋이 쉬고 있는데, 안방에서 떠들썩하게 우리를 불렀다. 주섬주섬 옷을 입고 나갔더니, 비슷한 또래의 여인들이 안방을 가득 점령하고 고스톱 3판을 벌여놓고 신나게 두들기고 있었다. 여주인은 우리에게 같이 놀자고 했다. 그 정도의 청이야 사나이로서 받아 주는 게 예의일 것 같아서 흔쾌히 합류했다. 그들은 노는 가락부터 달랐다. 각 팀마다 그 옆으로 전골냄비 하나씩 끓이면서 소주잔을 기울였다. 고스톱 실력도 모두 선수였다. 순진한 총각 두 사람 정도는 가볍게 가지고 놀 여인들이었다. 그들은 낮술에 술기운이 돌자 우리는 안중에도 없다는 듯이 자기들끼리 별별 얘기를 다하고 있었다.

"애, 요즘 김 회장님 집에 자주 오니?"

A가 물으니,

"난 님 맛 못 본 지 오래야!"

B가 대답하고,

"이 장군 생활비는 잘 보내 주시나?"

또 C가 묻고 있었다.

우리는 돈은 조금 잃었지만, 그들의 정체를 알게 되었다는 것이 수확이라면 수확이었다.

하숙집에 들어온 지 두 달째로 접어들자 여주인은 주말에 같이 놀러 가자는 제안을 하기 시작했다. 한두 번 궁색한 변명을 하며 정중히 거절했다. 전날의 야근으로 푹 쉬고 있던 어느 일요일, 여주인이 나를 보자고 불러내었다. 오랜만에 고궁을 한번 가보고 싶은데 같이 갈 수 없겠냐고 물었다. 나는 잠시 우물쭈물하다가, 은행에 일이 있어 오후에 출근해 봐야 할 것 같다고 둘러댔고 그녀의 얼굴은 묘하게 일그러지고 있었다. 그럼에도 그녀의 요구는 계속되었고 오히려 노골적으로 드러내고 있었다. 짐작되는 것이 없는 것도 아니었다. 가물에 콩 나듯 들러 주는 서방님만으로 부족하다는 뜻이었겠지만 부담스러웠다. 한창 젊은 총각에게는 뇌쇄적인 유혹이었지만, 그녀의 정체를 알게 된 이후에는 딴 생각 않기로 작심했다. 나의 룸메이트에게도 유혹이 있었는지 물어보진 않았다. 다만, 그녀가 두 하숙생에 대한 기대를 거두기로 작심한 것을 보면, 나의 짝도 호락호락하지 않았던 것이 분명하다. 왜냐하면, 우리 두 무지렁이에 관해 여주인이 무언의 반격을 개시하고 있었기 때문이다. 현저히 줄어들기 시작한 우리의 밥상 메뉴를 보고서야 알았다. 어느 날 갑자기 메인 메뉴가 사라지더니, 날이 갈수록 반찬이 한두 가지씩 줄어들었다. 만 두 달이 될 즈음, 그녀는 정색하며 말했다. 하숙을 처음 쳐 보니 너무 계산이 안 맞아 도저히 더 이상 계속할 수가 없을 것 같아 그만둬야겠으니 방을 빼 달라는 일방적인 통보였다.

　　딱 두 달 만에 강제 퇴거 명령을 받고 쫓겨났던 것은 나의 10여 년의 하숙 생활에 오점으로 남게 되었다. 자업자득이니 어쩌랴. 그동안 정성껏 차려 준 진수성찬에 대해 감사하면서 다시 짐을 싸서 어디로 헤매야 하나, 바로 그것이 문제였다.

중앙정보부장 귀하

나는 직장 생활 초기 10여 년간 남모르는 한 가지 고민을 안고 있었다. 바로 신원조회제도 때문이었다. 한국산업은행은 공기업이었던 터라 신원조회 문제를 중요시했고, 그것은 6.25전쟁 중에 행방불명이 된 우리 집 맏형님으로부터 연유한 것이었다.

나의 국민학교 시절의 기억에 따르면, 당시 경북 지역의 험준한 산악 지대를 통해 북쪽에서 수상한 사람들이 가끔 내려왔고, 첩보가 정보기관에 잡히면 우리 집 주위에는 형사들이 자주 눈에 띄었다. 아버지께서는 경찰서를 사랑방처럼 드나들었고, 집으로 오는 대부분의 우편물은 개봉 검열된 후에야 배달되는 상황에 있었다.

맏형님의 행방불명의 경위는 이렇다. 내가 젖먹이 세 살 때인 1950년 봄, 우리 가족은 서울로 이사했다. 혼자 몸으로 서울중학교 졸업반에 다니시던 맏형님과 함께 살기 위해서 마포에 집을 사서 이사했던 것이 하필 전쟁 직전이었다. 몇 달을 살지도 못하고 피란을 내려오던 와중에 맏형님을 서울에서 잃어버리고 마포의 집은 버려 둔 채, 우리는 할아버지가 지키고 계시던 시골로 갔던 것이다.

딸은 없고 아들만 7형제인 집안의 막내인 나로 말하면, 맏형님으로부터 큰 사랑을 받았다고 듣긴 했지만, 워낙 어렸을 때라 형님에 대한 기억이 한 톨도 남아 있지 않았다. 그럼에도 그분으로 인해 내가 직장에서 어려움을 겪는다는 것은 도저히 이해할 수가 없었다.

첫 번째로 통과해야 했던 관문은 입행 때의 신원조회였다. 관할 경찰서에 몇 차례 불려 다니다가 다행히 지인의 도움으로 간신히 넘어갔다. 두 번째는 은행 초급 책임자 시절, 업무상 필요했던 비밀 취급 인가 절차에서 걸렸다. 그래서 나의 업무 일부를 동료 책임자에게 넘겨줄 수밖에 없었다. 이때 속상했던 마음은 이루 말할 수 없었다. 세 번째는 1970년대 후반 나의 바로 위의 형이 회사에서 신원조회제도 때문에 해외로 진출할 기회가 무산되는 아픔을 겪었다. 나의 경우에도 해외 진출은 가까운 장래의 목표로 추구하던 사안이었으므로 이것은 큰 충격으로 다가왔다. 이번에는 맏형님에게 원망스러운 생각까지 들었다. 신원조회 문제는 나의 진로를 가로막고 서 있는 기필코 넘어야 할 험준한 산이었다. 백방으로 도움과 자문을 구했지만 "그놈의 연좌제(連坐制)가 없어져야 하는데…"라는 들으나 마나 한 원론적인 소리뿐이었다.

그러던 어느 날, 나보다 더 걱정하면서 애쓰시던 세 번째 형님께서 정보기관의 고위 간부로부터 한 가지 방법을 알아 오셨다. 그야말로 최후의 수단으로 중앙정보부장 앞으로 탄원서를 제출해 보라는 것이다. 가급적 많은 사회 저명인사들의 서명을 첨부하면 효과가 있을 것이라는 훈수까지 해 주었다고 했다. 막막하던 상황에서 실낱같은 희망이 생긴 것이다. 즉시 준비 작업에 들어갔다.

해외 진출이 무산되었던 여섯 번째 형님과 함께 초안을 구상하고 공동 명의로 탄원서를 작성했다. 우리 집의 가족사와 탄원의 요지를 서너 장 정도로 진실하고 간명하게 서술했다. 나는 이것을 편지지에다 최대한 정성스럽게 써 내려갔다. 6.25전쟁 당시 철없는 유아였던 탄원인들은 이제 대한민국의 건전한 젊은이로 성장해서 국가와 사회의 부름에 최선을 다해 봉사하고 있는 지금, 알지도 못하고 기억도 못 하는 맏형님 한 분으로 인해 젊은이의 앞길이 막히는 억울한 일이 없도록 선처해 달라는 요지로 썼던 것 같다.

탄원서를 들고 분주히 쫓아다녔던 사람은 세 번째 형님이셨다. 우리를 믿고 서명할 만한 인사를 찾기란 결코 쉽지 않았다. 다행히 각계 저명인사들에게 연줄을 갖고 계셨던 세 번째 형님의 노력 덕분에 국회의원, 장군, 교수 그리고 언론인 등 20여 명의 서명을 받아낼 수 있었다.

그중에서 아직도 기억나는 분들은 우리 고향 영주에 연고가 있었던 당시 조선일보 최석채 주필, 특전사령관 정병주 장군, 맏형님과 어릴 적 동네 친구였던 김창근 공화당 국회의원 외에, 그분의 수필 번역일로 몇 차례 찾아뵌 인연으로 선뜻 서명에 응해 주셨던 정비석 소설가 그리고 나의 대학 은사님들까지 참으로 고마운 분들이다.

탄원서를 서명지와 함께 넣고 봉투를 봉인한 후 '서울특별시 남산 1번지 중앙정보부장 귀하'라고 주소를 써서 우체통에 넣었다. 당시 중앙정보부장은 김재규 씨였다.

탄원서를 발송하고 달포쯤 지났던가? 관할 경찰서 정보과에서 시험 삼아 조회해 보라고 권유했다. 떨리는 마음으로 신원조회 신청서를 접수했는데 이게 웬일인가? 바로 조회가 완료되었다. 낙타가 바늘구멍을 통과하면 이런 기분일까. 하늘을 뒤덮었던 먹구름이 순간 사라지는 것처럼 가슴도 함께 뻥 뚫렸다. 적어도 우리 집으로서는 일대 획기적인 사건이었다.

당시 엄위했던 유신 시절에, 최고 권력 기관의 수장 앞으로 담대한 마음으로 탄원서를 썼던 것은 지금 생각해도 스스로에게 가상한 일로 생각된다. 소시민으로서는 감히 범접할 수 없었던 막강한 권력 기관이 일개 시민의 민원을 이리도 신속히 처리해 주다니 크게 감동받았다. 물론, 우리를 믿고 서명해 주신 사회 각계의 저명인사들의 도움이 없었다면 불가능했을 것이다.

이것이 1977년의 일이다. 그 덕에 나는 1979년 은행에서 선발해서 보내 준 귀한 미국 유학의 기회를 살릴 수 있었다. 이 일이 있은 후 만시지탄(晚時之歎)이었지만, 오랫동안 수많은 피해자를 냈던 연좌제는 1981년에 폐지되었다. 헌법 제13조 제3항의 "모든 국민은 자기의 행위가 아닌 친족의 행위로 인하여 불이익한 처우를 받지 아니한다"라는 극히 자연스럽고 당연한 규정을 아주 감사한 마음으로 몇 번씩 읽어 보고 있었다.

이제 그렇게도 원망스러웠던 우리 집 맏형님에 관한 이야기를 마지막으로 추가하고자 한다. 나중에 알게 된 일이었지만, 정보 당국에서는 맏형님의 행방불명 사유를 '임의적 행불'로 분류하고 있는 듯했다. 북쪽에서 최고 명문학부를 졸업하고 고위급으로 계셨다는 소식을 풍문으로만 들었었다. 서울 지리에 가장 밝아서 난리통에 가족을 인도했어야 할 맏형님이 길을 잃어버리셨다니, 철든 후 나의 머릿속에 계속 맴돌던 의문이었다. 어린 시절 정보기관에서 그렇게 우리 집을 괴롭혔던 이유를 알 것만 같았다.

내가 국제금융실장으로 재직하고 있던 1999년 어느 날, 사무실에서 직원의 서재에 있던 책 한 권이 눈에 들어왔다. 그것은 「서울고등학교 동창회명부」였다. 그때서야 맏형님의 생각이 번뜩 떠올랐다. 책을 들고 마치 비밀 상자를 열어 보는 심정으로 형님의 이름을 찾아보았다. 제3회였던가? 놀랍게도 졸업생 명단에 형님의 이름이 눈에 띄었다. 박찬욱(朴贊昱)!

형님의 이름은 전쟁 중에 정규 졸업을 하지 못한 다른 행불자 10여 명과 함께 별도로 기록되어 있었다. 동기의 명단을 살펴보다가 이분들이 형님과 함께 공부하셨던 친구분들이구나 싶은 생각이 들자 막연한 친근감이 느껴졌다. 아무리 오랜 세월이 흘렀지만 맏형님을 아시는 분이 있을 것이었다. 맨 위쪽에서부터 전화를 돌렸다. 반세기가 지난 일이라 대부분이 기억하지 못했다. 한참을 지나 대학병원장을 역임하셨다고 되어 있는 분과 통화가 되었다.

"서울중학교 제3회 박찬욱의 동생 됩니다. 혹 저의 형님을 기억하시

122

는지요?"

이게 웬일인가! 놀랍게도 어렴풋이 기억을 살리고 계셨다. 맏형님을 더 잘 아실 거라는 분당에 사시는 동기회 총무님을 소개해 주셨다. 그 어르신은 50여 년 전의 일을 생생히 기억하고 계셨다. 맏형님과는 절친이었고 정말로 보고 싶은 친구라고 하셨다. 맏형님을 만난 듯 반가웠다.

그분은 학교 다닐 때 형님과 같이 '독서클럽' 멤버였다고 하셨다. 독서클럽이란 당시 유행하던 마르크스 이론을 연구하던 학생들의 그룹이었는데 형님이 그룹의 리더였다는 부연 설명까지 해 주셨다. 오래 마음에 품고 있던 퍼즐이 맞춰졌다. 이제서야 궁금증이 풀렸다.

왜 좀더 일찍 알아볼 생각조차 안 했던 걸까? 원망 때문이었을까? 뒤늦게 마음 한구석에 송구한 마음이 고개를 들었다. 문득 영국의 철학자 칼 포퍼의 말이 생각났다.

"젊어서 마르크스에 빠지지 않으면 바보이고, 늙어서도 빠져 있으면 더 바보다."

남북 이산가족 생사 확인 과정에서 맏형님께서 수년 전 별세하셨다는 안타까운 소식을 전해 들었다. 노년기의 형님의 생각이 좀 바뀌셨는지 확인할 기회 자체가 사라져 버렸다. 객지에서 홀로 고향과 가족을 그리워하며 지내셨을 맏형님을 생각하니, 가슴 한구석이 아려 오면서 마음에 드리웠던 원망의 구름은 사라졌다.

어릴 적, 우리 시골 집 안방 벽에 높이 걸려 있던 빛바랜 맏형님의 흑백 사진 한 장! 서울중학교 교복과 교모를 쓰신 모습이 떠올랐다. 우리 집의 대들보라고 집안의 기대를 한 몸에 받으셨던, 참으로 훤하게 잘생긴 우리 맏형님. 한 시대가 우리 집에 안겨준 비극이었다.

나의 500불짜리 웨딩

1970년대 후반, 국내 금융기관 중에는 한국산업은행이 선구적으로 해외 학술 연수 제도를 도입했을 것이다. 2년간의 경영대학원 석사(MBA) 과정에 필요한 일체의 학비와 체류 비용을 지원해 주는 연수 제도로서 초급 책임자 이상을 대상으로 하고 있었다. 은행의 소장파들에게는 매력적인 기회였던 만큼 많은 실력파들이 경쟁에 뛰어들었다.

영어 시험(TOEFL)과 미국 경영대학원 입학 자격시험(GMAT)에서 선발기준을 통과한 성적과 근무 성적을 종합적으로 평가하여 연수 대상자를 선발하였다. 또한 지원 대상 학교는 당시 글로벌 랭킹 20위 내로 제한되어 있었다. 나는 만만치 않은 경쟁을 통과하여 제3회 연수생 6명 중 한 명으로 선발되어 몇 개의 대학으로부터 합격 통보를 받았고, 나는 그중에서 미시간주립대(MSU)를 선택했다.

인사부에서 진행된 오리엔테이션 시간에, 연수생들은 두 가지 각서에 서명했다. 첫 번째 것은,

"학술 연수를 마치고 귀국, 복직한 후 5년 이내에 은행을 퇴직할 경우 유학 시 지원받은 일체의 비용을 은행에 환급하여야 한다."

그러나 두 번째로 내민 각서는 생뚱맞은 별난 조건을 제시하고 있었다.

"미국에 가족을 동반해 간 사실이 발각될 경우에는 즉시 소환에 응한다."

모두 이해할 수 없는 문구에 당황하는 듯했다. 그러나 생각해 보니 짚히는 데가 있었다. 무슨 말인고 하니, 이미 특혜성 해외 학술 연수의 기회를 얻은 연수생들에게 그들의 가족 동반 비용까지 은행이 부담할 수 없다는 간접적인 선언으로 보였다.

선발 확정은 1979년 봄이었고, 9월 신학기 입학을 위해 출국한 것은 8월이었다. '노총각 대리'로 유학을 떠나는 나를 보고 나보다 더 걱정해 주던 사람이 있었으니, 함께 일하던 K 행원이었다. 그녀의 헌신적인 주선으로 3~4명의 친구를 소개 받았지만, 모두 인연이 닿지 않았다. 어쨌든 참으로 고마웠다. 짧은 시간에 서두른다고 될 일이 아니라고 생각한 나는 오랫동안

보지 못할 친구들, 지인들과의 송별 자리에 열심히 쫓아다니던 어느 날,

"야. 너 정말 장가 안 들고 가면 어떡할래? 한번 보겠어?"

코가 비뚤어지게 마시며 취중에 들었던 친구의 말이 이튿날 아침 불현듯 생각났다. 내가 생각해도 희한한 일이었다. 확인차 전화를 하니 몇 시에 어디로 나오기로 어제 약속하지 않았느냐는 핀잔만 들었다.

그렇게 해서 명동에서 당시 이대 4학년 졸업반에 다니던 지금의 아내와의 역사적인 첫 만남이 이루어졌다. 유학을 떠나기 2개월 전이었다. 당사자끼리 오케이를 하니 다음은 일사천리였다. 친한 대학 선배의 동생이라 양가 간 신경 쓰이는 탐색전이 생략될 수 있었기 때문이었다. 그러나 당장 결혼식을 올리기에는 시간이 촉박했던 점 외에, 두 사람 모두에게 문제가 있었다. 당시 이대는 재학 중 결혼이 금지되어 있었고, 또한 나로 말하더라도 유학에 가족을 동반하지 않겠다는 서약까지 해 놓은 상태에서 출국을 앞두고 결혼식을 올릴 수는 없는 노릇이었다. 이것은 자칫 비밀히 동반하겠다는 공개 선언으로 비춰질 수 있었기 때문이다. 답은 비밀 약혼식이었다. 출국 한 달 전, 양가 모두 가까운 친척들만 참석한 가운데 조촐한 약혼식을 치뤘다. 은행 동료는 물론 나의 절친들까지 한 명도 초대하지 못했던 점은 못내 아쉬웠다.

멋모르고 유학을 와 보니, 엄청난 양의 숙제 때문에 스트레스가 보통이 아니었다. 나를 가장 겁나게 했던 것은 누적 평균 성적이 B학점

을 유지하지 못하면 1차는 경고(Warning), 2학기 이상 계속되면 자동 출교 (Automatic Disenrollment)라는 엄격한 학칙이었다. 내가 막연하게 우려하던 바로 그 일은 현실로 나타났다. 1979년 9월 첫 학기, 그러니까 한 학기가 10주인 쿼터(Quarter)제의 첫 학기부터 나는 1차 경고를 받았다. 엄청난 충격이었다. 혹 당하게 될지도 모를 출교 조치까지 생각하니 나는 거의 초죽음 상태가 되었다. 잠도 오지 않았다.

첫 학기 부진의 이유는 충분했다. 유학과 약혼이라는 두 가지 대사 (大事)를 동시에 치르면서 에너지가 많이 소진되었던 데다, 두고 온 약혼녀와 너무나 짧았던 만남의 아쉬움을 달래기 위해 하루가 멀다 하고 편지 쓰고 전화하느라 공부에 전념하지 못했던 것이다. 그리고, 대학 시절에는 한 학기가 6개월이라 초반의 부진을 후반에 캐치업할 수 있는 여유가 있었지만, 난생 처음 경험해 본 한 학기가 10주밖에 안 되는 쿼터제는 개강하자 바로 돌아서면 퀴즈 시험과 중간 시험이었다. 나는 정신을 차릴 수가 없었다.

첫 학기에 신청했던 컴퓨터 과목이 문제를 만들었다. 나는 대학을 졸업할 무렵 입사 시험용으로 컴퓨터 용어 몇 개, 이를 테면 COBOL이나, FORTRAN은 개념 정도만 외웠던 실력인데 실제 컴퓨터실에서 진행된 수업은 무슨 소린지 알아들을 수가 없었다. 컴퓨터 용어와 로직이 얼른 이해가 되지 않았다. 결국 컴퓨터 학점 때문에 누적 평균이 B 아래로 떨어지고 말았다. 두 번째 학기는 그야말로 죽기 살기였다. 유학 중도 하차는 생각만으로도 아찔했다. '울려고 내가 왔나?' 노랫말을 읊조리며 두려움에 떨면서 내 평생 그때만큼 열심히 공부했던 적은 없었을 것이다. 학기 내내 도서관에서 살았다. 다행히 둘째 학기에는 전과목 A를 확보하여 누적 평균 B 이상을 받을 수 있었다. 나에 대한 학사경고가 해제되었음은 물론이다.

놀란 가슴에 1980년 새해 첫 쿼터부터 학점의 추가적인 여유를 확보하기 위해 열심을 다하고 있던 때에, 약혼녀가 졸업식을 마치고 미국으로 날아왔다. 6개월 만의 재회였다. 하지만 야속하게도 시험 시간이 겹쳐서 그녀의 얼굴도 모르는 친구 K 박사에게 마중을 부탁할 수밖에 없었다.

너무 짧은 시간을 만났다가, 만났던 시간의 몇 배의 긴 시간을 헤어지고 재회한 우리는 처음에 마주하니 많이 어색했다. 학기 중이라 재회의 기쁨을 푸근히 나눌 시간의 여유도 마음의 여유도 갖지 못한 채, 나는 아침 일찍 학교에 갔다가 자정이 되어 들어오는 단조로운 스케줄만 반복하고 있었다.

그녀가 미국에 오면서 그렸을 환상은 완전히 깨졌을 것이다. 많이 황당했었겠지. 어쩔 수 없었다. 그러나 그녀를 더욱 힘들게 했던 일은 낮에 집으로 걸려 오는 전화를 일절 받을 수 없다는 점이었다. 혹 은행에서 오는 전화라면 동반 가족이 발각될까 두려웠기 때문이었다. 낮에 무료하게 홀로 집을 지키는 부인들에게 전화는 반가운 구세주일 테지만, 그것마저 할 수 없었으니 참 딱한 노릇이었고 나뿐만 아니라 당시 미국 전역에 흩어져 공부하던 동료 연수생들도 같은 신세였다.

쿼터제에서는 학기가 끝나면 2주간의 짧은 방학이 있다. 나는 그간 외롭게 지내 온 약혼녀를 위해 결혼식을 이 기간에 올리기 위한 계획을 짜고 있었다. 결혼식 장소는 일찍 정해 놓았다. 내가 단신으로 와서 6개월간

교내 기숙사 생활을 하는 동안, 토요일이면 빠지지 않고 내 방을 찾아와 준 미국 친구가 있었는데, 그는 학교에서 한 시간 정도의 거리에 있는 교회의 목사님이었다. 그는 교회에 나와 보라는 얘기도 없이 말동무로 계속 찾아 왔다. 몇 달 후 나는 스스로 교회에 가고 싶다고 자청했다.

웨슬리(John Wesley) 목사님은 외모도 그렇거니와 말과 행실이 예수 님을 닮은 분이었다. 부인은 왜소한 체구에 얼굴이 까무잡잡한 필리핀 여 성으로 생화학 박사였다. 차도 없이 지내던 나를 토요일이면 차에 태워 집 으로 데려가서 쌀밥이 얼마나 먹고 싶었겠냐며 밥을 해 주시는 인정이 넘 쳤던 사모(師母)였다.

교회는 약 200석 정도의 조그만 개혁교회(Reformed Church)였다. 목 사님은 동양계, 히스패닉계, 흑인 등 소수 계층을 대상으로 복음을 전하고 있었다. 그러니까 주말 헌금이라야 고작 1불짜리 지폐 아니면 쿼터 동전 몇 닢이 대부분이었다. 그러나 교제와 사랑만큼은 풍성한 교회였다. 진정한 의미의 코이노니아(koinonia)가 이뤄지고 있었다.

목사님 가족의 근검절약은 풍요로운 미국 사회에서는 보기 드물 정 도였다. 리모컨도 없는 구닥다리 수동식 TV에, 중세의 것처럼 보이는 가재 도구까지 검소하고 솔선수범하는 모습은 존경스러웠다. 그의 가족들은 국 민학교에 다니는 어린 아들까지 늘 기쁨이 충만했고 이웃의 어려움을 함 께하는 데 힘쓰고 있었다. 나는 진정한 성직자의 모습을 보여 주고 계시는 웨슬리 목사님께 주례를 부탁했고 목사님은 흔쾌히 승낙해 주셨다.

나의 작은 결혼식에 초대받은 하객들은 석·박사 과정에 있는 한국

웨슬리 목사님 가족.

유학생들과 교회의 다국적 친구들로 총 50명 정도였다. 조촐하게 치르기로 한 결혼식의 총 예산은 500불로 잡고 있었다.

우선 결혼 예물 시계 2개를 200불에 샀다. 그리고 예식 후 하객들을 미시간주에서 인기 있는 대중식당이었던 폰데로사(Ponderosa)로 초대했다. 티본 스테이크와 생맥주 한 잔씩 1인당 소요 경비는 5불로 총 250불, 교회 감사 헌금 50불까지 합이 500불, 이것이 나의 결혼식 예산 집행 내역이었다.

물론 돈으로 환산할 수 없는 주위의 고마운 도움의 손길이 많았다. 신혼여행 다녀오라고 자동차를 제공해 주신 이 박사님, 웨딩드레스를 빌려 주신 현지 교민, 신부의 부케를 손수 만들어 주었던 현 동국대 교수 이혜은 박사 등은 어쩌면 초라해 보일 수 있을 나의 결혼식이 그들의 축복으로 더욱 빛이 났다.

어느 정도 학점 공포에서 벗어났던 터라 삶의 여유를 되찾고 있었다. 우리 부부는 하얀색 1,000불짜리 GM 중고 자동차를 사서 쇼핑도 다니고 시간 날 때마다 가까운 곳으로 드라이브만 해도 기분이 좋았다.

2년도 잠깐 사이 흘러갔다. 1981년에 졸업하고 제대로 된 신혼여행도 가지 못한 아내와 함께 하와이를 들러 귀국했다. 서울에 돌아와서 삼성동 AID아파트에 새 보금자리를 마련했다. 복직 후 부서 발령을 받고 인사하러 갔을 때 많은 선배들이 나의 결혼 문제를 걱정해 주고 계셨는데 내가 비밀 결혼에 대하여 이실직고하니 모두 깜짝 놀라셨다.

요즘은 해외 명문대 박사들이 남아도는 상황이지만, 당시에는 MBA

웨슬리 목사님의 주례로 진행된 나의 웨딩.

한국 유학생 하객들과 기념사진. 신랑 오른편에는 시카고에서 축하하러 온 대학 친구 김기환, 신부 왼편에는 이혜은 동국대 교수.

형제처럼 지냈던 미국 친구 부부와 함께.

라는 것 자체의 값어치가 조금은 있었던 모양인지 이화여대에서 강의 요청이 왔다. 나는 2년간 시간 강사로 출강했다. 본관 강당에서 100명 가까운 학생들과 아침 7시 50분에 시작하는 첫 시간 강의를 마치고, 9시 반까지 헐레벌떡 을지로 입구 은행에 출근하던 일은 이색적이고 귀중한 경험으로 기억에 남아 있다. 당시 이대 법정대학 이건희 학장께서 나에게 제안했던 경영학과 전임강사 자리를 수락하지 못했던 것은 은행에 환불해야 할 유학 비용을 마련할 마땅한 방법이 없기도 했지만, 나 자신을 성찰해 볼 때 학자보다는 금융인이 더 적성에 맞을 것 같다고 판단했기 때문이었다.

사실 나의 은행 유학 동기 6명 중 3명이 귀국한 지 얼마 안 되어 대학으로 갔다. 코넬대에서 공부했던 장석정(張錫晶)은 바로 사표를 내고 미국에서 학위를 마치고 일리노이주립대 교수로, 애리조나주의 AGSIM에서 공부했던 구자윤(具滋潤)은 숭실대 교수로, UCLA에서 공부했던 김석용(金錫龍)은 동국대 교수로 떠났다.

강남 AID아파트에 전세로 신혼살림을 차린 지 몇 달이 안 되어 당시 유행했던 '차떼기 절도단'이 우리 집에 침입했다. 하필 인천 세관에서 이삿짐을 찾아오던 날 저녁, 비가 억세게 내려서 짐을 풀다가 비에 젖은 'Made in USA' 포장 박스를 미처 치우지 못하고 베란다에 쌓아 두었던 것이 화근이었던가? 좋은 물건 들어왔다고 광고한 꼴이 되었던 것 같다. 그들은 아무도 없는 대낮에 들어와 모든 가재도구를 이삿짐 차로 싹 실어가 버렸다.

밤늦게 아내와 함께 퇴근해 보니, 현관문이 반쯤 열려 있었고 집은 텅 비어 장롱과 세탁기만 덩그러니 남아 있었다. 거실 마루 가운데에는 식칼이 수직으로 꽂혀 있었다. 찾을 생각 말라고 겁주는 것이었겠지? 살던 집이 무서워졌다. 하는 수 없이 우리는 비가 오면 진흙탕 밭이 되는 개발 초기의 개포동 1단지로 이사했다.

원점에서 다시 시작하자 싶었다. 미국에서 휑하게 비어 있는 학교 아파트에 살림살이 한 점씩 사서 들여놓던 재미를 생각했다. 신문 광고나 동네 창고 세일(Garage Sale) 광고 전단을 보고 찾아가서 잘 고르면 좋은 물건 싸게 사던 재미가 쏠쏠했던 그때처럼 그렇게 하나하나씩 다시 채워 가는 거야.

잃어버린 살림살이에 대한 미련이 서서히 잦아지면서 나의 두 번째 신혼살림 차림은 느린 속도로 자리를 잡아갔다. 500불짜리 웨딩을 올린 부부답게 조촐하게 살아가라는 하늘의 뜻으로 받아들이니 마음이 편했다.

브로드웨이 뮤지컬 관람기

세계의 뮤지컬 흥행 기록을 모두 갈아치운 뉴욕의 브로드웨이 뮤지컬 〈오페라의 유령The Phantom of the Opera〉은 뮤지컬의 황제 앤드류 로이드 웨버(Andrew L. Webber)의 역작으로 얼굴의 흉한 상처를 감추기 위해 가면을 쓴 비운의 음악 천재 에릭, 여주인공 크리스틴, 그리고 귀공자 라울과의 삼각관계에서 펼쳐지는 감동적인 러브 스토리이다. 이러한 명품 뮤지컬을 뉴욕 브로드웨이 42번가에 위치한 팬텀 상영관의 로열석에서 우리 부부가 공짜로 관람하게 된 사연은 기막힌 한 편의 드라마 같았다.

때는 내가 한국산업은행의 과장으로 뉴욕 현지법인 한국연합금융(KASI)에 파견되어 근무하던 첫 해, 그러니까 1990년 가을쯤이었다. 내가 살던 집은 맨해튼에서 조지 워싱턴 브리지를 건너면 첫 번째로 만나는 뉴저지주 팰리세이드 파크(Palisade Park)에 있었는데, 정원이 아담한 2층집이

137

었다. 1층에는 우리가, 2층에는 H상선 뉴욕지사 간부가, 그리고 반지하에
는 집주인 이탈리아인 가족이 살고 있었으니 한 지붕 세 가족이었다.

어느 날, 퇴근하면서 우리 우편함을 열어 보니 놀랍게도 내가 꼭 가
보겠다고 몇 달 전부터 벼르고 있던 뮤지컬 〈팬텀〉 관람권 2장이 든 봉투
가 있었다. 이탈리아인 주인은 몰리나리씨라 볼 것도 없고, 또 2층은 안(安)
씨인데, 'Mr. C. S. Park'이라는 이름표가 붙은 우편물은 누가 보아도 나의
것임을 의심할 여지는 추호도 없었다. 티켓은 도대체 누가 보낸 것일까?

문제는 보낸 사람의 이름이나 주소가 적혀 있지 않아서 누가 보냈
는지 확인할 길이 없다는 점이었다. 그래서 다음 날, 회사에 출근하자마자
한 장에 거금 250불씩이나 하는 이 비싼 티켓을 선물할 만한 사람을 찾아
일일이 연락해 보았다. 그러나 도저히 단서를 찾을 수 없었다. 혹 김구웅
(金久雄) 사장님께서 특별 격려성 '깜짝 선물'을 보내신 것은 아닌지 확인까
지 해 보았지만 아니었다. 누가 이런 특은을 몰래 베푼 것일까?

그러고 있던 사이 공연 날짜가 다가왔다. 에라, 모르겠다! 퇴근 후
아내와 함께 공연장으로 갔다. 일반석 관람객들의 부러운 시선을 한 몸에
받으며 안내원을 따라 로열석으로 가서 턱하니 좌정하고 커튼이 올라가기
를 기다렸다. 드디어 커튼이 올라가기 시작할 바로 그때,

"어-라, 저것이 무엇이여? 이상한 일도 다 있네??!!"

우리 집 2층의 안 씨 부부가 커튼이 올라가면서 컴컴해진 객석 사이

를 비집고 안내인과 함께 정확하게 우리 쪽을 향해 오고 있는 것이 아닌가! 아하, 티켓은 2층 것이었구나 하는 것이 직감적으로 느껴졌다. 즉시 일어나 자리를 양보하긴 했는데, 당황하여 아무 말도 할 수 없었다.

이미 커튼이 올라간 뒤였고 안내인은 관객들의 시야에 방해가 될세라 어쩔 줄을 몰라 하더니, 잽싸게 우리를 끌어당겨 바로 앞쪽에 비어 있는 더 좋은 로열석으로 안내해 주는 것이 아닌가! 처음엔 황당하고 얼떨떨한 기분이었지만, 어쨌든 명당에 앉아 연기자들의 표정까지 읽으면서 이내 뮤지컬의 재미에 흠뻑 빠져 들었다.

관람을 마치고 나오면서, 안 씨 부부에게 자초지종을 자세히 설명하니 파안대소했다. 결과적으로는 멋진 한 편의 드라마 같았다고 서글서글하게 이해해 주어서 괜히 죄스럽던 나의 마음도 놓였다. 나의 잘못은 아니었지만 어쨌든 공짜 구경했던 값으로 나는 그들을 맨해튼의 이탈리안 레스토랑으로 초대했다. 공짜 점심은 없다더니 이런 경우에 쓰는 말인 듯하다.

그런데, 도대체 어떻게 이런 일이 가능했던 것일까? 안 지사장이 서울로 출장을 갔었는데 술자리에서 서울 친구들 왈,

"너 유명한 브로드웨이 팬텀 봤나? 서울의 뮤지컬 팬들은 뉴욕까지 날아간다더라."

그 말을 듣던 순간 자신이 바보가 된 듯한 기분이 들더라는 것이었다. 바로 뉴욕 사무실 직원에게 전화를 걸어 팬텀 티켓 '좋은 놈으로' 2장을

구매해 줄 것을 부탁했다. 그런데 묘하게도 그 직원 이름이 나와 동명인, 'Mr. C.S. Park'이었던 것이다.

Mr. Park이라는 직원이 티켓을 구입할 때, 자신의 신용 카드 번호를 대고 전화 결제하면서 티켓을 상사의 집, 그러니까 우리 집 주소로 보내 줄 것을 요청하면서 일이 꼬여 버린 것이다. 편지 봉투의 주소는 다음과 같이 적혀 있었다. 결정적 실수는 2층이라는 표기를 빼먹고 있다.

Mr. C. S. Park

421 2nd. Street, Palisade Park, New Jersey

그럼 티켓도 없이 안 씨 부부는 어떻게 입장했을까? 뉴욕으로 돌아온 안 지사장은 티켓을 기다리다 배달이 지연되는 것으로 생각하고, 직원 박 씨의 신용 카드를 들고 우여곡절 끝에 입장하는 데는 성공했지만, 그러느라 커튼이 올라갈 때까지 시간이 많이 지체되었던 것이다. 한 편의 연출된 드라마 같은 사건이었는데, 지금 생각해도 실소를 금할 수 없다. Mr. Park의 세심하지 못했던 일처리 과정의 실수는 차치하고라도, 만약 안 지사장이 나에게 한 번이라도 물어 봤다면 공짜의 기회는 애당초 사라져 버렸을 것이고, 만약 안 씨 부부가 조금만 더 일찍 입장했더라면 우리 부부는 머리를 숙이고 퇴장 당했을지도 모를 일이다.

진주별곡(晉州別曲)

     1994년 여름, 나는 진주지점장으로 발령을 받고 난생처음으로 경남 진주 땅을 밟았다. 타관살이였지만 진주는 오래 몸을 붙이고 살다 보니 정이 많이 들었다. 한곳에서 3년을 홀아비로 있었으니 때로는 무료하다는 생각이 들기도 했지만, 한편으로 쏠쏠한 재미도 없지 않았다. 정들었던 객지에서 만났던 동료 홀아비들뿐 아니라, 정이 듬뿍 담긴 음식을 차려 주던 마음씨 좋은 밥집 아줌마들과는 사반세기라는 세월이 흘러 소식조차 끊겼지만, 지금까지도 아련한 추억으로 남아 있다.

     지점에 첫 출근하던 날, 경남 지역 기업체에 임원으로 근무하고 있던 K 선배가 후배의 부임을 전화로 축하해 주었다. 다음 날 점심을 같이하자고 했다. 그는 서울에서 컨설팅 사무실을 운영하면서 매주 지방에 내려와 3~4일을 일하는 투잡 생활을 10년 넘게 하고 있었다. 와서 보니, 공공

기관이나 민간 기업의 기관장으로 내려와 타관 생활을 하고 있는 진주의 홀아비들이 적지 않았다. 통상 한두 해 있다가 떠나는 단기 뜨내기들이 대부분이었고, 10여 년 가까이 살고 있는 장기 뜨내기들도 간혹 있었다. K 선배는 후자 그룹이었다.

아무래도 홀아비 생활을 하다 보니 따분한 기분이 들 때 외식을 자주 하게 되었다. 내가 만났던 진주 밥집의 여인들은 새로운 사람을 만나면 낯가림을 오래 했다. 참 무뚝뚝했다. 그러나 마음을 트게 되면 사람이 달라지고, 따뜻한 정을 아낌없이 쏟아 주었다. 또 보아하니, 밥집 여인들 중에서도 홀로 사는 여인들이 적지 않은 듯했다.

K 선배가 정해 준 약속 장소는 소담한 한옥에 들어선 S 식당이었다. 여주인은 상큼한 아가씨 같은 스타일로 나의 예상을 완전히 벗어난 여인이었다. 예약한 방에 혼자 좌정하고 주위를 둘러보니 벽에 걸린 누드화 한 점이 눈에 들어왔다. 구석에는 유화 습작품 몇 점이 세워져 있었다. 그림은 아마추어 수준이었지만 기초는 있어 보였다. 누드화는 탄탄한 인체 데생의 기초가 뒷받침되어야 하기 때문에 특히 어렵다. 누가 그리셨나, 제법인데.

조금 있으니 K 선배가 나타났다. 그가 여주인에게 나를 소개했고 나는 대뜸 누가 그린 그림이냐고 물어봤다. K 선배가 웃기만 하고 서 있는 여주인을 얼굴로 가리켰다. 40대 초반으로 보이는 새침데기 형, 나이에 비해 앳되어 보이고 유난히도 탱글탱글한 몸매가 돋보이던 여인은 예사롭지 않아 보였다. 나는 전입 고참 K 선배로부터 진주 입문 강의를 들으며, 처음으로 진주 밥집의 정취를 맛보고 있었다.

며칠 후, 서울에서 손님이 와서 S 식당을 다시 찾았다. 아는 데라곤 없기도 했지만 여주인에 대한 호기심이 작용했다. 그녀는 구면이라서 그런지 제법 아는 체를 했다. 식사 후 우리 방으로 커피를 가지고 와서 내가 궁금해 하던 곳을 긁어 주었다. 미술을 전공하다 중퇴한 후, 취미로 그리다가 지금은 밥집 일이 바빠서 오랫동안 손을 놓은 상태라고 했다.

주방장도 두지 않고 아담한 규모로 주인, 주방장, 마담 즉 1인 3역을 하면서 초등학생 아들 하나를 키우고 있었다. 그림을 아시는 분을 오랜만에 만나 별 얘기를 다했다고 멋쩍어 하면서 방을 나갔다.

사무실에 돌아오기 무섭게 전화벨이 울렸다. K 선배였다. S 식당 주인이 다시 찾아 준 박 지점장에 대해 고맙다고 하더라면서 이어진 뒷말이 사람을 신경 쓰이게 했다.

"박 형! 여주인은 관심을 갖지 않는 게 좋을거요, 하! 하!"

듣고 보니 뒷맛이 고약했다. 웃자고 한 얘기만은 아닌 듯했다. 그림에 관심을 보인 게 이상했나? 거참, 진주에 갓 첫발을 들여놓은 후배에게 왜 강한 커브의 견제구를 던지는 거지?

무엇이 그리 다급했던가? 회사일이 바쁘다더니 만난 지 며칠 되지 않은 어느 날 저녁, 선배는 소주나 한잔 하자고 나를 불러내었다. 장소는 S 식당이 아니라 진양호 근처의 횟집이었다. 술이 거나해지자 화제는 돌고 돌아 S 식당 주인으로 돌아왔다.

"내가 매주 3~4일씩 객지 생활한 지도 벌써 10년째요. 박 형도 오래 있어 보시라고, 답답해요, 진주란 데가. 우리끼리 얘기지만, 그녀는 나하고 친구로 지내고 있어요. 그냥 혼자만 아시고…."

도대체 왜 묻지도 않은 사람에게 비밀을 털어놓으시나? 혹 나를 연적(戀敵)으로 보았나? 식사하러 가는 것은 몰라도 개인적인 어프로치는 삼가 달라는 '접근금지' 경고라는 생각이 들었다. 앞으로 다른 고참 홀아비들도 관심 있게 지켜보라며 묘한 웃음을 흘리고 있었다.

K 선배에게 침을 한 방 맞은 후 자연히 그쪽은 발길이 뜸해졌다. 새로운 단골집인 M 식당은 마담의 사람을 끌어당기는 흡인력이 강했다. 기품있는 진주 기생의 후예이던가.

모든 손님을 한눈에 읽어 보는 듯한 지혜로운 눈, 손님을 배려해 주는 넉넉한 마음씨, 거기에다 육감적인 볼륨까지 겸비한 40대 초반의 마담은 찾는 손님을 즐겁게 해 주었다. 주로 비즈니스 회식 장소로서, 진주 홀아비들은 손님이 오면 M 식당 찾기를 좋아했고 나도 마찬가지였다.

어느 날 저녁 손님을 모시고 술 한잔하고 나오는데, 가만히 나의 손에 뭔가를 들려 주었다. 아침에 일어나 쓰린 속 풀라면서 싸 준 해장 국거리였다. 또 언젠가는 거래처의 연쇄 부도로 밤늦게까지 고민하는 나의 모습을 눈치챈 그녀가 바로 옆 노래방에서 기분이나 풀고 가라며 동행을 자청했다. 고마웠다.

초겨울로 접어든 어느 날, 사무실에 출근해서 옷을 벗어 놓기도 전에 낯선 사람으로부터 전화가 걸려왔다. 진주의 모(某) 학교 이사장이라고 자신을 소개했다. 예금 건으로 상의할 일이 있으니 바로 자기 사무실로 와 달라는 명령조의 전화였다. 그의 말투에 거부감이 들기도 했지만 워낙 예금 유치에 어려움을 겪고 있던 터라 서둘러 달려갔다. 노(老) 이사장은 혼자 사무실에서 기다리고 있었다.

두 달에 한 번 서울집에 올라가는 일 외에는 10년도 넘게 진주에 박혀 살고 있다는 소개에서 자신이 진주 홀아비의 원조임을 과시하는 듯했다. 그와 예금 문제를 상의하던 중, 갑자기 M 식당 마담을 아느냐고 나에게 물었다.

"아, 네, 손님 있을 때 가끔 갑니다만?"

"그 사람이 나한테 박 지점장 얘기를 자주 해요, 좋은 분이라며 여윳돈이 있으면 한국산업은행에 넣어 주라고."

나는 속으로 깜짝 놀랐다. 왜 나에게는 귀띔도 하지 않았던 것일까? 고마움을 넘어 짠한 감동이 밀려왔다. 또 순간적으로 아하! 마담도 임자가 있었군! 싶은 생각이 들었다. 불편한 진실을 알아 버린 나는 진주 생활의 재미가 절반쯤 날아가 버리는 것 같은 허전한 기분이 들었다.

진주가 눈에 들어오기 시작하던 2년차에 C 지청장이 부임하셨다.

나와 바둑으로 의기투합하여 친교가 시작되면서 새로운 진주의 생활 패턴으로 자리를 잡아 가고 있었다. 소탈하고 후덕했던 그는,

"어디 빤해서 움직일 데가 있소? 우리 바둑이나 두면서 조용히 지냅시다."

그는 대단한 애기가(愛棋家)였다. 한국기원 공인 5단인 나와 2점 접바둑으로 공방전을 벌이는 수준이었으니 아마 3단쯤 되는 강한 실력의 소유자였다. 우리는 매주 2~3차례 대국했다. 김치찌개나 청국장으로 저녁을 간단히 때우고 관사로 간다. 일진일퇴의 승부에 몰입하다 보면 자정은 금방이다. 진주 바둑의 큰 산, 문명근(文明根) 프로 9단도 자주 함께 자리해서 지도 대국을 해 주었다. 진주의 시간은 이렇게 지루할 틈 없이 흘러가고 있었다.

가끔씩 일상의 작은 파격은 새로운 활력을 주기도 한다. Y 식당은 그닥 유명한 집이 아니라서 오히려 우리의 마음 편한 아지트였다. 객지 생활의 서글픔이 밀려올 때면, 그 집 별실에서 오랜만에 차린 상에 저녁도 먹고, 술도 마셨다. 물론 바둑판은 항상 대령해 놓고 있었다. 별실이래야 주방 뒤쪽에 노래방 기기를 갖춘 조그만 방이었다. 저녁 식사 후 마지막 여흥으로 노래 몇 곡조를 뽑고 나면 기분이 다시 상쾌해지는 듯했다. 즐겁게 놀았지만 군자(君子)의 도를 벗어난 일은 없었다.

나와 진주의 추억을 가장 깊게 공유하고 있는 C 지청장은 검사장을

역임한 후 지금은 변호사로 일하고 계신다. 요즘도 가끔 바둑 한 수 하고 옛날을 되새기며 소주잔을 기울인다. 진주의 추억이 선명하고 깔끔하고 아련해서다. 아직도 옛정을 잊지 못하는 지인들의 초대로 언제 한번 둘이서 진주에 내려가 보자고 다짐은 하지만, 선뜻 실행에 옮기지는 못하고 있다.

　주말이면 잠시 차를 몰고 가기만 해도 우리를 푸근히 감싸 주던 명산과 바다, 지금도 눈에 선한 그 시절 진주의 모습이 그립다.

변장한 축복

　　　1997년 여름, 드디어 진주 3년 홀아비 생활을 마감하게 되는데, 서울의 본점으로 귀환하는 것이 아니라 아주 더 멀리 떠나게 되었다. 한국산업은행의 뉴욕 현지법인 한국연합금융(주)(Korea Associated Securities Inc.)의 대표로 발령이 났다. 나로서는 1990년~1993년에 근무했던 바로 그곳으로 4년 만에 컴백하는 것이다.

　　그해 봄, 이미 태국을 시작으로 국제 외환시장이 요동치면서 검은 먹구름이 아시아 시장 전역으로 확산하던 그 어려운 시기에, 지방 중소도시의 지점장을 지내다가 곧바로 세계적인 국제 금융 무대에 등판하게 된 나는, 무거운 책임감과 단단한 각오로 뉴욕행 비행기에 올랐다. KASI에서의 앞날에 험난한 가시밭길이 예고되어 있었다. 나의 사무실은 맨해튼 다운타운 월스트리트에 위치한 세계무역센터(World Trade Center) 81층에 있었

148

다. 부임 즉시 전반적인 영업 상황을 점검해 본 결과, 최우선 과제는 투자
은행(Investment Bank)으로서 수익 모델 개발이 아니었다. 돈벌이는 둘째 문
제였다. 수억 불에 달하는 장단기 부채의 만기를 연장하는 일(Rollover)이
발등에 떨어진 불이었다. 사무실 짐을 제대로 풀기도 전에 뉴욕의 거래 금
융 기관들을 찾아다니며 부임 인사와 함께 만기 연장을 당부했다. 그러나
돌아온 반응은 소극적이었다. 몇 년 전 내가 이곳에서 근무할 때와는 판이
하게 달라진 분위기를 피부로 느낄 수 있었다.

맨해튼 전경과 자유의 여신상이 내려다보이는 나의 집무실 전경.

1997년 11월, 한국이 IMF로부터 구제 금융을 받을 수밖에 없는 'IMF
사태'를 맞게 되었고, 이러한 외환 위기는 한국계 해외 금융 기관에게는 '죽
음의 쓰나미'였다. KASI 같은 신용 기반이 탄탄하지 못한 기관은 단번에 휩

쓸려 가기에 충분했다. 본점에 긴급 자금 지원을 요청했지만 본점도 코가 석 자라 여력이 없으니 해외 점포는 각자 알아서 도생(圖生)하라는 매몰찬 답변만 돌아왔다.

우선 나는 본점의 지침에 따라 과감한 자산 감축을 추진했다. 보유 채권 매각을 통해 조성된 자금으로 급한 부채부터 상환해 나갔다. 알토란 같은 우량채권부터 차례로 곶감 꼬치 빼먹듯 골라 매각하는 체리 피킹 (cherry-picking)의 과정은 자신의 손가락을 잘라 내는 것과 같은 아픔이었다. 손가락이 떨어져 나갈 때마다 담당자 K 과장은 몰래 눈물을 훔치고 있었다.

또한 그동안 상당한 영업상 신뢰 관계를 유지해 왔던 일본계 금융기관을 집중적으로 공략하여 최대한 크레디트 라인의 만기를 연장하기 위해 노력했다. 한국의 외환 위기는 일시적일 것이며, 영업 관계는 장기적인 관점에서 판단해 달라고 호소하여 쓰나미의 와중에도 일부 연장에 성공하였다. 1997년 중반에 뉴욕에 투입되어 외환 위기의 파고 속을 헤치고 회사의 생명을 부지하기 위하여 동분서주했던 나의 첫 해는, 최선을 다했던 한 해였다고 생각한다.

이듬해, 1998년 뉴욕의 봄은 정말 괴로운 시즌이었다. 왜냐하면, 본점에서 KASI의 존폐 문제를 내부적으로 검토하고 있다는 소문이 뉴욕 시장에 퍼지면서 더 이상 영업을 계속하기엔 무척 힘든 상황이 되었기 때문이었다.

외환 위기의 와중에 DJ 정부는 한국의 대외 부채의 만기 연장을 위한 협상을 뉴욕에서 진행하고 있었고, 국내에서는 금융 기관 구조 조정 작업을 진행하고 있었다. 몇 개의 은행이 문을 닫았고 10개 가까운 종합 금융 회사가 폐쇄되었다. 이와 같은 구조 조정 작업의 일환으로 우리 회사 KASI의 폐쇄도 결정되었다. 외환 위기 직전, 산은 뉴욕 사무소가 지점으로 전환되었던 터라, 영업 점포를 2개씩 유지할 필요가 있겠느냐 하는 논리로 업무의 성격이 완전히 다른 데도 불구하고 폐쇄되었다.

그 무렵, 외채 협상을 위하여 뉴욕을 방문 중이던 정인용 전권대사가 강권석 뉴욕 재경관을 통해 나를 만났으면 한다는 전갈이 왔다. 정 대사는 1970년대 초 재무부 국제 금융 담당 차관보 시절, 자신의 주도로 설립되었던 KASI가 폐쇄된다는 소식을 뉴욕에 와서 듣고, 급히 나를 만나자고 한 것이다.

뉴요커들조차 가 보고 싶어 했던 WTC의 107층 스카이 라운지로 초대했다. 대화를 진행하던 중 그 자리에서 서울의 금융 당국자에게 전화하겠다고 펄쩍 뛰는 정 대사를 내가 만류했다. 이미 재경부와 협의를 마치고 한국산업은행 이사회까지 통과된 사안이라고 설명하니 못내 아쉬워하셨다. 정 대사는 눈을 지긋이 감았다가 설립 당시를 회고했다. 재무부에 있었는데, 선진 국제 금융 노하우를 배울 수 있는 전진기지를 구축하기 위해서 한국산업은행에게 뉴욕을, 외환은행에게 홍콩을 담당케 하여 세웠던 금융 기관이 바로 뉴욕의 KASI와 홍콩의 KAF라는 회사였다는 것이다. 나는 회사가 설립된 이래 약 사반세기 동안 수많은 한국산업은행 직원들이 월스트리트에 근무하면서 익힌 국제 금융 현장 실습 효과만 하더라도 적

지 않은 것이었다고 회고하면서 대사를 위로했다

1998년 5월경 한국산업은행과 5대 시중 은행의 뉴욕 지점장들이 참석한 가운데 KASI 폐쇄 주주총회가 열렸다. 대략 큰 틀의 정리 작업이 마무리되면서 실무적인 일은 잔류 청산팀에 맡기고 나는 서울로 귀환하였다. 약 1년 정도의 단기 체류였다.

아쉬움이 밀려왔다. 불만도 있었다. 생각해 보시라, 가족과 함께 이역만리 떠났다가 1년 만에 짐을 싸야 하는 상황을 말이다. 해외 발령은 통상 3년의 근무 기간을 보장하던 관례를 믿고 대학 입시 문제가 걸린 딸과 아들을 끌고 왔었는데 아이들과 아내에게 큰 시련을 준 것 같아서 미안했다. 그러나 어쩌겠는가? 나의 개인적 불운으로 받아들이는 수밖에.

몇 년이 지나고 9.11 테러가 터졌을 때, 나에게 불현듯 깨달음이 왔다. 울면서 문 닫았던 것이 얼마나 잘한 일이었던가! 당시의 참담했던 불행은 몇 년이 지난 시점에서 돌아보니 기막힌 축복의 사건으로 둔갑해 있었다. '변장한 축복(Blessing in Disguise)'이었던 것이다. 원망이 감사로 바뀌고 있었다. 9.11 테러 때 테러범들이 납치한 비행기로 WTC로 돌진했던 지점이 바로 나의 사무실이 있던 81층이었다. 계속 존속했었다면, 상상만 해도 아찔하고 끔찍하다. 나를 포함한 20여 명의 직원들은 꼼짝없이 희생되었을 것이다.

내가 뉴욕을 떠나오기 전 마지막으로 해결해야 할 사안이 하나 더 있었다. 10년간 장기 리스했던 사무실을 2년 만에 조기 해약하려면 적격 임차인을 구해오거나 그렇지 못할 경우 100만 달러의 페널티를 지불해야

테러 당한 뉴욕 세계무역센터(WTC) 모습.

하는 상황이었다. 100만 불은 거금이다.

연일 광고를 했지만 소식이 없었다. 특단의 대책으로 구입한 지 얼마 되지 않던, 약 10만 불 어치의 사무실 비품과 용품을 무료로 양도한다는 광고에 드디어 한 회사가 나타났다. 우리의 장기 리스 계약을 승계하면서 입주한 회사는 미국의 한 중소 해운회사였다. 9.11 테러 때 희생된 그들을 생각하면 가슴이 아려온다. 나는 그 무렵 한동안 허공에서 추락하는 꿈에 시달렸다.

IMF 사태는 KASI를 단숨에 집어 삼켜 버린 '죽음의 쓰나미'였으나, 그 후 더 큰 재난을 미연에 예방해 준 '생명의 쓰나미'이기도 했다. 한 치 앞을 모르고 울고 웃는 것이 사람이다.

"사람이 마음으로 자기의 길을 계획할지라도 그의 발길을 인도하시는 이는 여호와시니라." (잠언 16장 9절)

고맙소, 베이커 아우님!

　　1997년, 내가 뉴욕 KASI 대표로 부임한 직후 만났던 베이커(David Baker)는 특이하고 재미있는 친구였다. 내가 부임했을 때, 그는 우리 회사의 자금 50만 불을 위탁받아 관리하는 미국 헤지펀드의 대표였다. 우리가 투자한 지 1년이 되어 가던 시점의 자산 평가액은 100만 불 가까이로 늘어나 있었다. 미국에서는 상상할 수 없는 대박 투자였다. 그러니 덩달아 그도 대단해 보였다.

　　그는 한국에 관심이 많았고 한국말도 조금 했다. 초면에 나를 '형님'이라고 부르겠다고 얘기할 정도로 넉살이 좋았던 그는 40대 초반으로 보였다. 예일대에서 공부했고, 부시 행정부에서 국무장관을 역임했던 제임스 베이커(James Baker)가 바로 삼촌이라고 자신을 소개했다.

　　자신이 예일대 출신임을 자랑하려는 듯, 그는 얼마 후 파크 애비뉴

50번가에 위치한 팬암빌딩 근처의 예일대 동창회관으로 나를 초대했다. 회관 로비로 들어서니 부시, 클린턴 등 동문 미국 대통령의 사진이 걸려 있었다. 클린턴의 두 배나 되는 부시 대통령의 큰 사진이 클린턴 위에 걸려 있는 것은 부시가 학부 출신이기 때문이라고 친절히 설명해 주었다. 그는 나를 구내 레스토랑으로 안내했다. 아는 동문이 많았는지 수시로 웃으며 손을 흔들고 있었다.

스테이크와 와인으로 오찬을 하면서 그는 큰돈을 벌게 해 줄 터이니 베이커펀드에 투자금을 증액해 보라고 권유했다. 솔깃했다. 그러지 않아도 돈 벌기 힘든 미국 금융 시장에서 베테랑에게 투자 비중을 늘리고 싶은 유혹이 없지 않았다. 그러나 나는 회사의 자금 수지 상황을 조금 더 지켜보고 결정하겠다며 미팅을 끝냈다.

그해 가을, 베이커는 미국의 갑부들을 대상으로 투자 설명회 개최를 준비했는데, 대러시아 및 대한국 투자가 중심 주제였다. 로드 아일랜드 주의 고급 휴양지인 뉴포트(Newport)에 있는 최고급 호텔에 50여 명의 백만장자들만 초대했다. 재클린 케네디의 별장이었다는 멋진 대저택이 뉴포트 해변에 있었다. 참석자들은 주로 60대 전후의 시니어들이었다.

강사는 세계적인 투자의 귀재이자 지금도 '북한 투자 대박론'을 소리 높여 설파하고 다니는 짐 로저스였다. 그는 조지 소로스와 공동으로 퀀텀펀드를 설립했던 인물이다. 글로벌 투자 환경과 투자 기회에 대한 거침없는 그의 프레젠테이션은 인상적이었다. 그를 초청한 효과는 엄청났다. 설명회 후 몰린 투자금이 수천만 불을 기록했다니 대 성공이었다.

설명회가 끝나고, 뉴포트 앞바다에 떠운 요트에서는 화려한 디너 파티가 열렸다. 그날 밤 나는 별미의 음식들과 명품 와인을 마음껏 즐기면서 미국 상류층 갑부들의 파티 문화를 엿볼 수 있었다.

참가자들 대부분이 시니어들이었지만 젊은 여인들도 몇 명 끼어 있었다. 아버지 회사 경영에 참여하고 있던 딸도 있었고 연인들도 있었다. 그중에서 키가 크고 늘씬한 30대 후반으로 보이는 커싱즈(Ms. Cushings)는 군계일학(群鷄一鶴)이었다. 부친을 따라온 그녀는 대단한 미모로 할리우드 여배우 브룩 쉴즈로 착각할 정도였다. 그녀는 나와 테이블을 함께했던 베이커 옆을 떠나지 않았고, 두 사람은 한 쌍의 연인처럼 멋진 춤 솜씨를 선보이기도 했다. 파티가 끝나갈 무렵 베이커는 나에게 눈을 찡긋하며, 그녀와 어디론가 먼저 사라졌다.

이튿날 골프대회가 있었다. 뉴포트의 바닷가 명문 골프장에서 베이커는 나와 같은 조가 되었다. 그는 라운딩하면서 묻지도 않았던 전날 밤 커싱즈과 가졌던 밀회에 관해 황홀한 밤이었노라고 아무 거리낌 없이 털어놓고 있었다.

골프를 함께 쳐 보면 그 사람의 됨됨이를 어느 정도 알 수 있다. 처음으로 동반 라운딩해 본 베이커는 공은 제법 치는데 매너가 낙제점이었다. 티박스에서는 거의 매번 '스스로' 멀리건(mulligan), 그것도 부족해서 페어웨이 멀리건까지 쳤다. 동반자의 양해도 없이. 퍼팅은 한 번 하고 자동 컨시드. 자기 골프장이라며 그린 위까지 카트를 타고 들어간다는 트럼프 대통령처럼 무법천지로 골프를 치고 있었다. 평소의 매너는 A 플러스인 사람이 왜 골프 매너는 저 모양일까?

뉴포트에서 1박 2일의 일정은 새로운 경험이었다. 나로서는 투자은행 업무를 하겠다고 뉴욕에 와서 미국의 백만장자들과 안면을 익히고 네트워크를 확보했다는 것만으로 여간 큰 수확이 아니었다. 엄청난 영업 자산이었다. 나는 베이커의 새로운 면모에 대해 많은 생각을 하면서 뉴욕으로 차를 몰았다.

1998년 봄은 회사가 문을 닫게 될지도 모른다는 소문이 시장에 돌면서 괴로운 나날의 연속이었다. 바로 그 무렵 베이커가 시내 업타운에서 나를 저녁 식사에 초대했다. 뉴포트 투자 설명회 후로 정신없이 바쁜 날을 보냈다며 오랜만에 한잔하자는 것이었다. 고마웠다.

이탈리안 식당에서 저녁 식사를 하고 2차로 바(Bar)에 갔다. 그는 무대에서 공연하는, 가슴이 탐스러운 젊은 여인들을 옆자리로 불러 가끔 100불짜리 지폐를 가슴에 꽂아 주며 늦도록 술을 마셨다. 영락없는 기분파였다. 이전에 수차례 만났을 때는, 주로 와인이나 꼬냑 한두 잔씩 나누었었지만, 베이커가 이렇게 폭음하는 것은 처음 보았다. 나도 간만에 거나하게 마시고 나니 그동안 쌓였던 스트레스가 조금은 날아간 듯했다.

베이커를 만나고 일주일쯤 되었을까? 뉴포트에서 만났던 커싱즈가 나의 사무실을 예고도 없이 찾아왔다. 며칠 전부터 베이커와 연락이 안 된다고 걱정했다. 부동산 개발업을 하는 부친의 회사에 이사로 있는 그녀는 나와 차를 마시며 이야기를 나눴다.

마주 앉아서 바라본 그녀의 우유빛 미끈한 다리는 가히 100만 불짜

리 명품이었다. 스커트가 짧으니 다리밖에 보이지 않았다. 저절로 눈길이
갔다. 그 순간, 대학 시절에 읽었던 에릭 시걸의 러브 스토리(Love Story)의
올리버가 불현듯 떠올랐다.

올리버와 제니가 하버드대 도서관에서 우연히 옆자리에 앉아 처음
눈이 맞는 장면이다. 계속 제니의 다리만 훔쳐보는 올리버에게 왜 남의 다
리만 빤히 쳐다보냐고 제니가 핀잔을 주자, 바로 나온 올리버의 대답이 걸
작이다.

"Every Chapter!(책 한 장 읽고나서 한번씩 볼 뿐인걸!)"

결코 미워할 수 없는 변명에 제니의 적대감은 단숨에 무력화되고
만다. 나도 그 말을 준비하고 있었지만, 커싱즈는 나에게 유식한 기교를 부
려 볼 기회를 주지 않았다.

그런데 이상하다. 베이커가 이 멋진 사람을 피할 이유가 있을까?
혹, 돈 문제가 생긴 걸까? 거기까지 생각이 미치자 갑자기 불길한 예감이
들었다. 즉석에서 베이커에게 전화를 넣었다. 비서가 받고 전하겠다고 했
다. 나는 우리 담당자를 불러 베이커 측 사정을 파악해 보라고 지시했다.
일주일 전, 함께 저녁 식사를 하면서도 전혀 낌새를 못 느꼈는데? 커싱즈
가 베이커와 연락이 닿으면 전화를 달라고 말하고 나의 방을 나간 후 왠지
불안해졌다.

며칠 동안 기다려도 베이커는 답이 없었다. 몇몇 투자자들이 그의

소재에 관하여 물어 왔다. 뭔가 잘못된 것이 틀림없다. 덜컥 걱정이 되었다. 언젠가 베이커가 알려 주었던 보스턴 집 전화번호를 찾아 전화했다. 아내가 받았다. 집에도 안 들어온 지가 제법 된다며 자기도 걱정하고 있다고 했다. 베이커와 꼭 통화 좀 하게 해 달라고 당부에 당부를 거듭했다.

놀랍게도, 다음 날 아침 베이커로부터 전화가 걸려 왔다. 평소와 완전히 달라진 목소리 톤으로 봐서 무슨 큰 사달이 난 게 분명했다. 그와의 통화에서 긴박했던 2~3분,

"벤처 기업에 투자했다가 잘못되었다(went sour), 현재로서는 빠져나올 수도 없다(no exit). 그렇지만 KASI 돈만큼은 갚도록 노력하겠다."

나도 이것이 마지막일지도 모르겠다 싶어 짧게 얘기했다.

"어려운 중에도 우리 회사에 대한 당신의 특별한 배려의 말에 감동하고 있다. 나는 여전히 당신을 신뢰하고 있으며, 내가 서울로 웃으며 돌아갈 수 있게 도와 달라."

나의 말이 끝나자, 그는 "keep in touch(또 연락해요!)"라고 한 후 전화를 끊었다.

회사의 마무리 정리 작업을 진행하던 중에 예상치도 않던 돌발 사건이 터져서 골치가 아팠다. 생각해 보면, 경황없이 쫓겨 다니면서도 나에

3부 좋은 사람들과 함께했던 한국산업은행 시절

게 전화해 주고 우리 돈을 갚겠다고 약속까지 해 준 베이커에게 그저 우리 돈을 돌려 받으려 할 뿐인데 왜 그리도 고맙던지! 얼마 전 나를 맨해튼 업타운으로 초대했던 만찬이 사실상 '이별의 만찬'이었음이 분명했다. 그때쯤 베이커를 찾는 투자자들의 전화가 쇄도했던 걸 보면, 이미 그의 회사가 회복 불능 상태에 빠졌던 것으로 추정할 수 있었다. 또, 베이커가 그렇게 폭음하는 것도 처음 보았다.

베이커와 통화하고 난 며칠 후, 30만 불이 입금되었다. 없던 돈이 생긴 듯 기뻤다. 그 후에도 몇 번의 우여곡절은 있었지만 10~20만 불씩 몇 차례 추가 송금이 이어졌고, 베이커와 연락이 완전히 두절되기까지 회수했던 돈은 총 75만 불이었다. 피신해 다니느라 우리 회사쯤이야 안중에도 없었을 법한데도 투자 원금 정도가 아니라, 투자수익 50%까지 줄 생각을 했던 것은 정말이지 눈물이 날 만큼 고맙고 감사하다.

베이커 아우님, 정말 고맙소!

(후기)

귀국하고 얼마 후 미국 언론에 베이커가 거액의 금융 사기 혐의로 연방수사국의 수배를 받고 있다는 놀라운 소식을 미국의 지인으로부터 전해 들었다. 중간 수사 결과, 그의 대부분의 금융 거래 서류가 위조로 보인다는 것이었다. 충격적이었다.

그렇다면, 우리에게 매달 보내 줬던 '자산평가보고서'도 위조였을

까? 예일대 출신이라는 이력도? 베이커와 뉴욕에서 만났던 일들을 하나하
나 다시 떠올려 보았다. 과연 그의 진실은 어디까지일까? 머리가 어지럽
다. 궁지에 몰리면서도 우리 돈은 원금에 수익까지 챙겨 준 것은 무슨 이유
였을까?

직장인 인생 제2라운드

2003년 초, 정들었던 한국산업은행에서 정년퇴직했다. 평생직장을 떠나면서 어찌 일말의 회한이 없었으리오만, 생각해 보면 오히려 감사할 일이 한두 가지가 아니다. 무엇보다 한 직장에서 청장년 시절을 보내면서 두루 많은 것을 보고 배우며 맡은 바 직임을 소신껏 수행하고, 무사히 그리고 명예롭게 퇴임할 수 있게 되었다는 사실은 가장 감사해야 할 일이다.

나에게 직장은 월급을 많이 주는 곳이 좋은 곳이 아니었다. 승진을 빨리하는 것도 아니었다. 내가 중요시했던 것은 '무슨 일'을 하느냐가 중요했고, 또 '누구와 함께' 일하느냐가 중요했다. 당시 한국산업은행의 미션, 즉 국가 산업 발전을 위한 정책자금 지원이라는 목표는 나의 일에 의미를 부여했고, '좋은 사람들'과 함께 '좋은 일'을 할 수 있었다는 것은 축복이었다. 그런 면에서 첫 직장 한국산업은행은 나의 훌륭한 선택이었다. 특히 입행 동기인 벽돌 친구들과 평생의 친구로 교유할 수 있도록 만남의 장을 제공해 준 한국산업은행에 감사한다.

2003년 3월에 정년퇴직하고, 나는 운 좋게도 또 한 번 일할 기회를 얻을 수 있었다. 4월 초부터 한국기업평가(Korea Ratings)의 임원으로 일하게 되었다. 한국기업평가는 한국산업은행의 100% 자회사였지만, 내가 부임했던 2003년에는 한일시멘트가 최대 주주의 위치를 차지하고 있었고, 얼마 후 한일시멘트는 세계 3대 신용평가회사 중의 하나인 피치(Fitch Ratings)에 한기평을 매각하여, 단기간 보유로 아주 짭짤한 투자 수익을 챙겼다.

한기평에서 나는 '한국기업인증'이라는 회사의 인수 작업에 관여하였다. 젊은 벤처기업가들이 창업한 기업 신용 정보 관련 사업이었는데, 한기평의 기능 보강 차원에서 추진되었던 인수 작업은 2004년 말 마무리되었다.

2005년 초, 나는 대표이사로 부임해서 회사의 이름을 이크레더블(eCredible)로 개명했다. 말이 좋아 대표이사지, 10여 명의 직원들과 구로디지털단지 내 50여 평의 사무실에 첫 근무를 시작했을 때에는 그야말로 구멍가게의 사장이 된 기분이었다. 그렇지만 나는 여기서 힘을 써 보기로 결심했다. 마지막 직장이라는 소명으로 작지만 탄탄한 강소기업 하나를 만들어 보고 싶다는 강한 의욕이 일어났다.

먼저 여의도의 번듯한 사무실에서 일했던 화려한 과거와 무의식중 몸에 배어 있을지도 모를 '갑의 마인드'를 떨쳐 버리기 위해 노력했다. 다행히 주어진 영업 환경이 생각보다 쉽게 나를 변화시켜 갔다. 30대 초반의 젊은 직원들과 머리를 맞대고 영업 회의를 하고, 구매 전문가 그룹에도 참여하고 공급망 관리 공부도 했다.

무엇보다 중요시했던 것은 발로 뛰는 영업이었다. 가급적 일일일사 (一日一社) 방문 원칙을 지키려고 노력했다. 인맥을 통한 하향식 영업의 경우 더더욱 담당자의 세심한 설득 과정이 절대적으로 필요했기 때문이었다. 우리의 비즈니스 모델은 대기업들이 그들의 협력 업체 관리 업무를 획기적으로 개선하도록 웹 환경하에서 솔루션 플랫폼을 제공하는 일이었다. 쉽게 말하면, 대기업들의 수많은 협력 업체에 대한 신용도 조사를 대행해 주는 업무라 할 수 있다.

그런데 이것은 단순한 신용 조사 업무의 대행이 아니다. 수백, 수천 개의 협력 회사의 평가 내용을 관리 담당자가 충분히 활용할 수 있도록 온라인 정보로 제공해 준다는 점이 특징이었다. 대기업의 담당자는 한 번의 클릭으로 모든 협력 회사의 필요한 평가 결과를 다양하게 입맛대로 검색, 활용할 수 있게 되는 것이다. 이것이 바로 '전자신용인증서'라는 주력 사업 분야였는데, 우리가 국내에서 단연 선두를 달리고 있었고, 그야말로 고수익 효자 상품, 즉 Cash Cow였다. 이러한 서비스를 제공해 주는 대가로, 우리 회사는 협력 회사들로부터 소액의 평가 수수료(건당 약 30만 원)를 받는 것이 수익 모델이었다. 우리의 마케팅 대상인 대기업은 가장 큰 수혜자였지만 프리 라이딩(free riding) 하는 구조였다. 즉, 500개의 협력 업체를 보유한 대기업 하나를 거래처로 유치하면 대략 2억 원 내외의 매출이 증가했다.

전자신용인증 업무 외에, 대기업의 1, 2차 협력 업체의 공급망에 관한 막강한 데이터베이스를 보유한 우리 회사는 신용보증기금과 제휴하여 기업 간 전자상거래 업무도 개발했다. 이것은 1차, 2차 협력 업체 간의 대금 결제에 신보의 보증을 연계시킴으로써, 어음결제로 인한 부도의 위험을 제거해 주는 상품으로, 구매자와 판매자 쌍방에게 이득을 주는 거래였다. 성장성과 수익성이 큰 사업이었다.

내가 한국산업은행에서 업무로 알게 되었던 국내 대부분 대기업 재무 담당 책임자(CFO)들과의 개인적인 유대는 이크레더블의 영업 신장에 결정적인 자양분이 되고 있었다.

회사의 매출이 매년 가파르게 상승하면서 마케팅 지원 요원과 신용평가 스태프들도 매년 수십 명씩 증원해야 했다. 나의 재임 기간 6년 동안 채용했던 신입 사원 총수는 100명을 훨씬 넘어섰다. 고용 유발 효과가 대단히 컸던 사업이었다.

이크레더블이 순풍에 돛을 단 배처럼 순항을 계속하면서 투자 업계에서는 유망 기업공개(IPO) 대상기업으로 주목하기 시작했다. 바로 이 무렵, 피치가 한일시멘트와 한기평 인수계약(MOU)을 체결했는데 피치는 한기평 뒤에 '통통하게 알이 밴' 이크레더블이 딸려 있다는 사실을 알고 군침을 흘리고 있었다.

부임 후 2년 만에 매출은 인수 당시와 비교해 4~5배나 증가한 실적을 보였던 만큼 사무실 공간이 절대적으로 부족했다. 때마침 사무실 인근에 300평 가까운 공간이 매물로 나와 즉시 매입했다. 처음에는 그렇게 넓어 보이던 사무실이 이듬해 다시 직원들로 꽉 메워졌으니 영업 신장 속도가 어느 정도였던지 짐작할 수 있을 것이다.

이 무렵, 이크레더블이 평가하고 있는 중소기업 수는 약 4만여 개에 달하고 있었다. 국내 웬만한 중소기업은 모두 우리 회사의 전자신용인증서 한 장 정도는 갖고 있을 정도였다.

매출 신장 속도보다 더욱 놀라운 점은 매출액의 절반 가까이 당기순이익으로 쌓여 가고 있었다는 사실이다. 당시 투자업계에서는 기업가치를 약 1000억 원대로 계산하고 있었다. 2004년 인수 당시와 비교하면, 3년 만에 기업가치가 무려 약 25배 증가한 셈이다.

2007년 10월, 한기평을 인수한 피치의 프랑스인 회장 라샤리에(Mr. Marc de Lacharriere) 씨가 서울 한기평을 방문하는 길에 구로디지털단지의 이크레더블을 방문했다. 나는 영업 현황과 기업공개 계획을 열심히 브리핑했지만, 듣고 있는 회장은 떨떠름한 반응이었다. 분명 이 알짜배기 회사를 공개할 이유가 있느냐 하는 심산이었을 것이다. 그래서 IPO 추진은 일시 보류되었다.

이듬해 초, 피치로부터 기업공개 작업을 진행하라는 사인이 떨어졌고, 2008년 10월 코스닥 등록 작업을 성공리에 마쳤다. 공모가가 액면가 500원의 36배인 18,000원으로 결정되었고, 그럼에도 538:1이라는 엄청난 경쟁률을 보이며 청약이 마감되었다. 공모 당시 주식시장은 일시적으로 폭락하고 있던 때라, 공개 시기를 늦추자는 주간사의 권유를 뿌리치고 강행했던 만큼, 공모의 성공은 나에게 더욱 특별한 감회를 주었다.

호사다마라더니, 우리 회사의 승승장구 성공 행보를 지켜보던 타

신용평가회사의 계열회사인 신용정보회사들도 우리의 경쟁자로 뛰어들게 되자, 영업 전선은 격전장으로 변했고 거래처 쟁탈전이 치열해져 가고 있었다.

그런 와중에 모(某) 경쟁사가 "이크레더블이 무면허 신용정보업을 하고 있다"고 검찰, 금감원에 허위 투서를 넣는 사태까지 발생했다. 나아가 한기평이 자회사 이크레더블의 업무, 즉 신용평가 업무를 불법적으로 지원하고 있다는 투서를 공정거래위원회에도 넣고 있었다.

이제 막 공개기업의 첫발을 내딛던 이크레더블은 검찰, 금감원, 공정위 등 막강한 국가 3대 권력 기관의 협공을 받으며, 필살의 공포를 느끼게 하는 삼각 파도 속으로 휘말려 들어가고 있었다.

영업 현장을 뛰면서, 한편으로 국가 권력 기관 앞에 우리의 적법성을 디펜스 하는 일은 너무도 힘겨웠다. 게다가 제4의 권력이라는 언론의 허위 보도까지 부채질하고 있었으니 나는 주저앉고 싶은 생각이 들 때가 한두 번이 아니었다. 그들의 투서는 모함이었다. 그들이 우리의 영업을 수년 동안 그냥 지켜보고 있었던 것은 법적으로 위배 되는 업무가 아님을 잘 알고 있었기 때문이다. 위법이었다면 가만히 있을 그들이 아니었다. 대기업의 아웃소싱 업무는 법의 적용대상이 아니라는 점과 우리의 평가 등급은 대기업에서 내부 관리 목적으로만 사용될 뿐, 신용평가사의 평가와 같은 대외적 범용성이 없었다는 점이 우리가 적들의 공격으로부터 방어할 수 있었던 결정적 포인트였다. 경쟁자들도 이 점을 알고 있었다. 우리가 하는 비즈니스는 신용정보법의 적용대상이 아니었다. 전문적으로 말하면,

법의 사각지대에 있던 유사 신용정보 업무였다. 언뜻 보면, 신용등급을 매기고 있으니 오해할 소지는 있었다.

이 모든 공격의 선봉에는 경쟁사의 사주를 받았다고밖에 생각할수 없는 K 국회의원이 있었다. 그는 정무위원회가 열릴 때마다 우리 회사를 공격했다. 우리가 국내 최대 법무법인 김앤장과 광장에 송사를 맡겨 정면 돌파를 시도했지만, 공정위와 금감원의 담당자들은 K 국회의원의 눈치를 보며 일 처리를 차일피일 미루고 있었다. 피가 마를 정도로 답답했던 것은 나였다. 영업 전선이 허물어져 가고 있었기 때문이다. 나는 무슨 수라도 써 봐야겠다는 생각에 동분서주했다. K 국회의원과 통하는 인맥을 찾기 위해 적지 않은 정치인들을 만났고, 만날 때마다 빈손으로는 만날 수 없었다. 투명경영을 하는 우리 회사에서 실탄을 마련하는 일은 쉽지 않았다.

사필귀정이라, 그 모든 투서 사건은 두 해 넘게 끌다가 모두 무혐의처리되었다. 변호사 비용도 적지 않았지만, 그동안 입은 영업상 타격이 너무나 컸다. 순항하던 이크레더블호가 한동안 좌표를 잃고 심한 파도에 흔들렸던 위기의 순간이었다. 최종적인 결과는 우리의 완승이었지만 상처뿐인 승리였다.

무고하게 고생만 했던 이크레더블에게 보상 차원이었을까? 금융 당국에서 향후 분쟁의 소지를 원천적으로 제거한다는 명분으로 이크레더블에게 신용정보업을 인가했다. 때는 2010년이었다. 부대 조건은 있었지만, 굉장한 영업 확장성을 보증해 주는 일종의 이권(利權)이었다. 극적인 전화위복이었다. 그러나 시간이 너무 오래 걸렸다. 경쟁업체의 악의적 투서로,

남대문 경찰서에서 출동한 10여 명의 경찰이 불시에 회사를 덮쳐서 압수수색이 시작되었던 날이 2년 전, 2008년 우리가 금감원에 정식으로 신용정보업 인가를 신청하던 바로 그날이었다.

귀중한 전리품을 손에 넣고 돌아온 장수에게는 오히려 허물어진 영업 전선을 수축해야 하는 일 외에, 또 다른 경영상 문제들이 기다리고 있었다. 나는 번아웃 되어 모든 것이 귀찮고, 쉬고 싶다는 생각뿐이었다. 2010년 말, 대표이사직을 마치고 집으로 향하는 나의 발걸음이 허전하고 무거웠다. 내가 6년간 쏟았던 열정은 허공을 친 듯했다. 2005년 회사의 대표이사로 부임하면서 스스로 다짐했던 대로, 반듯한 회사 하나 만들어 놓았다는 자부심만이 나를 위로해 주고 있었다. 2008년 초, 3년 연임이 결정된 후 일주일간의 휴가를 내어 페블비치 여행을 떠났던 즐거웠던 추억을 되새기며, 아쉬웠던 모든 일은 가슴에 묻어 버리기로 했다. 덤으로 얻었던 직장인 인생 제2라운드였다고 치고.

4부

바둑을 통해 재조명한

지난시절

바둑 입문기

나는 국민학교에 입학하기 전부터 할아버지께 바둑을 배웠다. 그러니까 나의 기력(棋歷)이 무려 60년을 훌쩍 넘는 셈이다. 말하자면 바둑 조기교육을 받았던 셈인데, 그 유구한 기력에 비해 현재의 '물렁한' 나의 기력(棋力) 수준을 생각해 보면, 나는 특출한 기재(棋才)는 없었던 사람이라고 자인(自認)할 수밖에 없을 것 같다. 어찌 되었든, 일찍이 바둑에 눈뜬 덕분에 바둑을 나의 평생의 귀한 취미의 하나로 삼게 되었던 것은 잘된 일이었다.

우리 집 사랑방은 할아버지 친구분들의 '바둑살롱'이었다. 영주 지방의 문사(文士)들이 모여 한시(漢詩)도 짓고 가끔 수담(手談)도 나누었다. 막내 손자는 원래 할아버지의 친구라는 말이 있듯이, 철없는 꼬마 손자는 '할배'들의 곰방대 담배 연기 속에서 바둑을 구경하면서 배웠다.

우리 형제들 모두 바둑 실력이 상당한 애기가들이다. 어린 시절을

173

되돌아 보면, 그렇다고 형제들끼리 집안에서 바둑을 즐겨 두었다거나 내가 막내로서 형님들로부터 정식으로 지도를 받았던 그런 기억은 별로 없다. 형님들이 서울 등 타지로 공부한다고 떨어져 살기도 했지만, 그것보다 더 결정적이었던 이유는 아버지께서 형제들끼리 집안에서 둘러앉아 바둑 두는 모습을 유독 싫어하셨기 때문이었던 것 같다.

왜 그러셨던 것일까? 바둑은 연로한 어르신들만 즐기는 오락쯤으로 생각하셨던 건 아닐까? 우리가 낚시하는 것도 심히 못마땅하게 생각하셨던 것으로 미루어 보면, 어린 나이에는 앉아서 하는 것 말고 좀 활동적인 취미를 가져 보라는 주문이었던 것으로 아버지의 뜻을 짐작만 할 뿐이다. 하기야 한국 현대 바둑의 개척자 조남철 국수가 일본 기다니(木谷實) 문하에서 수학한 후, 현대 바둑을 보급하기 시작했던 1940년대 후반까지만 해도, 우리나라 바둑은 대부분 오락이나 '내기 바둑' 수준에 머물러 있었으니 아버지만 탓할 일도 아니었던 것 같다.

당시 우리 집안 사정을 보면, 할아버지는 바둑을 좋아하셨지만 아버지 앞에서는 눈치를 봐야 했으니 한 지붕 아래에 온냉기류가 교차하고 있었던 셈이다. 따라서 우리 형제들은 바둑 입문 과정은 집에서 터득하였으되, 바둑 실전은 주로 외부에서 할 수밖에 없는 묘한 상황에 놓여 있었다.

나로서는 워낙 일찍이 바둑에 입문해서 시골에서는 또래의 스파링 파트너를 찾아볼 수 없었고, 어쩌다가 동네 어른 중에 간단한 사활이나 축 등 기초 개념 정도만 깨우친 초보자들께서 꼬마 바둑꾼이라고 호기심에 나를 불러내어 한 수씩 두곤 하는 정도였으니, 기력은 답보 상태를 면할 수가 없었다.

그러다가 내가 처음으로 바둑 공부에 신경을 쓰기 시작했던 것은 중학교 시절 우리 동네로 또래 친구 하나가 이사를 오면서부터였다. 바로 나의 단짝이자 바둑 라이벌인 장대봉(張大鳳) 군이다. 두어 보니 비슷했다. 엄밀히 말하면, 내가 약간 여유를 느낄 수 있는 수준이었지만, 그만하면 그렇게도 찾던 호적수(好適手)를 만난 셈이라 이렇게 뜨거운 경쟁은 시작되었다.

다행히 우리 집안에 돌아다니던 형님들의 해묵은 바둑 잡지 몇 권은 내가 몰래 혼자서 공부하던 비장의 바둑 교본이 되었고 실전은 주로 친구 장 군의 집에 가서 했다.

영주에서 고등학교로 진학한 후, 나는 새로운 바둑 라이벌을 만났다. 새로 부임해 오신 서울대 출신의 독일어 선생님이자 나의 담임이셨던 석승환 선생님은 내가 자기의 호적수임을 어찌 아시고 가끔 바둑판 앞으로 불러 주셨다. 낯선 타관 땅이라서 그랬는지 바둑을 유난히 좋아하셨던 것 같다.

선생님과 나는 어느 날은 저녁 시간까지 숙직실에서 승부를 못 가렸던 일도 있었고, 심지어 어떤 날은 수험생 중 하나인 나더러 독일어 시험 채점을 도와 달라고 하시며 나를 댁으로 데려가신 일도 있었다. 독일어 시험에 항상 만점을 받던 제자를 신뢰하는 마음에서 그러셨으리라 생각하지만, 채점보다는 바둑에 더 마음이 있으셨던 것임은 쉽게 눈치챌 수 있었다.

사모님께서 차려 주신 저녁 식사를 하고 채점을 끝내기가 바쁘게 선생님께서 곧바로 바둑판을 대령(待令)하시던 것은 예상한 일이었다. 밤이 되어 집이 먼 나를 자전거로 바래다주셨으니 선생님의 바둑 사랑이 어느 정도였는지 짐작이 될 것이다. 이렇게 두 사람이 바둑에 심취해 있던 사이 둘 다 기량이 부쩍 늘게 되었음은 극히 당연한 일이었다.

그때 무척 놀랐던 한 가지는, 장 군과는 기량 차이가 제법 벌어지겠지 생각했는데, 이상하게도 아니었다. 그도 무슨 비책(秘策)을 쓰고 있었던 것이 틀림없어 보였다. 바둑이든, 공부든, 실력을 한 단계라도 업그레이드시키려면 집중적인 노력 없이는 불가능하다는 것을 잘 알고 있었기 때문이었다.

고교를 졸업할 무렵에는, 나와 석 선생님과는 실력 차이가 꽤 벌어졌지만, 장 군과는 간발의 격차가 그대로 유지되고 있었다. 나의 바둑 수련기를 돌아보면, 만일 라이벌이 없었다면 만년 중급의 수준을 면키 어려웠을지도 모른다는 생각이 든다. 그런 의미에서 장대봉 군 그리고 석 선생님과 함께 보낸 시간에 감사할 수밖에 없다. 좋은 바둑 서적을 볼 수 있게 해주셨던 데르 데스 뎀 뎬 선생님 감사합니다!

내가 대학을 졸업하고 직장 생활을 시작할 무렵부터는 명절 때나 집안의 대소사로 가족들이 모이면 자연스레 형제들끼리 둘러앉아 바둑 리그전을 즐기곤 했다. 바둑판 옆에는 막걸리와 우리 형제 모두가 좋아하던 문어숙회 안주가 차려진 작은 술상이 마련되어 있었다. 대학, 직장에서 바둑을 연마했던 탓인지, 내가 형님들을 이기고 리그전 우승을 할 때가 많았다.

그때까지 뒷짐 지고 슬며시 다가오셔서 말없이 관전하시면서, 흐뭇한 표정을 애써 감추셨던 우리 아버지 특유의 표정과 모습을 새삼 떠올려

본다. 아버지께 칭찬 한마디 못 듣고 살아온 탓인지, 나의 아들, 딸에게 칭
찬에 인색한 자신을 발견하고 깜짝 놀라곤 한다. 칭찬을 못 하는 것도 유전
인가 보다.

대학 바둑 친구들

    1968년, 시골에서 상경해서 처음 캠퍼스에 들어섰을 때, 똘망똘망한 친구들을 볼 때마다 괜히 주눅이 들곤 했다. 명문 고교 출신들은 그들끼리 삼삼오오 몰려다녔다. 영주 출신 외톨이인 나는 바둑으로나마 교우의 물꼬를 터볼까 하고 교양학부의 바둑실을 기웃거렸다. 거기에는 학교 대표급 선수들만 있었던지 옆에서 구경만 해도 고수들임을 한눈에 알 수 있었다. 내가 여기서 바둑으로 명함 내밀기는 어렵겠다는 생각이 들었다.

    학기 중반으로 접어들 무렵, 상과대학 바둑 친구들이 하나둘 나타나기 시작했다. 입학 초에는 상과대학 150여 명의 면면을 알 수 없어서, 그저 전국 각지에서 상경한 무렵의 고수 바둑꾼들이 더러 있겠지 하고 짐작만 하고 있었다. 대략 1~5급 수준의 기력들이었는데, 그중 정해학 군이 가장 센 듯했다. 최고수와 일전을 겨루어 봤지만, 나는 '서울 바둑'의 기세에 눌러 실력을 제대로 발휘할 수 없었다. 그러나 몇 개월에 걸친 수십 차례의 대결에서 서서히 '영주 바둑'의 페이스를 찾으면서 새로운 경쟁 환경에 빠르게 적응해 가고 있었다.

그러던 차에, 우연히 심상찮은 기운의 유성호라는 지존(至尊)의 존재를 알게 되었던 것은 첫 학기를 마칠 무렵이었다. 프로 입단 시합에서 4강까지 올라갔던 실력자라는 소문을 들었다. 당시에는 1년에 1~2명 정도만 입단했으니 프로 입단은 하늘에 별따기였다.

어느 날, 유'지존'과 학교 앞 다방에 들렀다. 커피잔을 앞에 두고 뭔가를 골똘히 생각하고 있던 그는 옆에 친구가 있다는 사실도 잊어버린 듯했다. 내가 한참을 기다리다 못해서 무슨 생각을 하는지 물었다. 붕어눈 안경을 닦으며 하는 그의 대답은 나를 완전히 멍하게 만들었다.

"우리가 사는 이유가 뭘까?"

아주 깊은 철학적 사색에 빠져 있었던 것이다. 그런 친구였다. 학교에서 그가 친구들과 어울려 바둑 두는 걸 본 사람이 없었다. 그런 지존이 나에게 한 판 두자고 했다. 내가 바둑을 둔 이래 최고수와 두는 셈이었다. 그의 성격대로, 완력이나 패도(覇道)를 행사하지 않고, 차분하게 정도(正道)로 바둑을 두었지만, 역시 넘을 수 없는 두터운 벽을 실감케 해 준 한판이었다. 배울 게 많았다.

1972년 졸업반 시절, 학교 정문 건너편 빌딩 꼭대기 층에 '학사기원'

이 문을 열었다. 2층에 고대생들의 구내식당인 중국집이 있던 건물이었다. 학사기원의 P 원장에게 바둑을 처음 가르쳤던 사람이 바로 나였다. 그는 이화동 내 친구의 동생이었다.

1학년 때, 친구 집에 기거하면서 우연히 바둑을 가르쳤는데 기재(棋才)가 워낙 뛰어나 한 해 만에 나를 추월했다. 그는 바둑 명문 배문고등학교로 진학해서 프로의 길을 두드렸으나 실패했다. 유명한 서봉수 국수와는 고교 동기였다.

학사기원에 단골로 드나들던 전문 기사는 홍종현 6단과 이동규 6단이었다. 그들은 P 원장을 후원하기 위해 자주 들러서 기원을 찾는 아마 고수들에게 한 수씩 지도해 주었다. 홍 6단은 서울법대 재학 중 입단했다가, 한일 아마대항전에 출전키 위해서 아마로 전향했던 인물이다.

나중에 다시 프로에 입단했으니 그 어려운 관문을 두 번이나 통과했던 천재형 기사였지만, 프로 기사로서는 큰 성적을 내지 못했던 것은 아쉬웠다. 이동규 프로는 P 원장의 고교 동기였다. 나는 두 프로님과 자주 어울렸는데, 홍 프로는 특히 술을 앞에 놓고 이야기하길 좋아했다.

학사기원 하면 잊을 수 없는 한 분이 있다. 4학년 졸업반 시절, '취직 영어 특강'을 해 주신 김영원 선생님, 제6대 조달청장(당시 외자청장)을 역임하신 분이었다. 우리 상과대학의 선배고, 당시 코리아헤럴드 영자신문의 고정 칼럼니스트로 활동하시던 영어의 달인이면서 바둑광이었다. 강1급으로 P 원장이나 고대의 대표급 선수들과 자주 대국했고, 나도 가끔 한 수 배웠다. 밤늦게 대국이 끝나면 대포집에서 인생 상담까지 해 주시던 멋쟁이 선배님은 댁이 종암동 학교 옆이라 매일 들르셨다.

　　지금은 대학 친구들 대부분 은퇴 생활을 즐기고 있지만, 그중에 가끔 만나 수담을 나누는 친구들 몇이 있다. 바둑을 두면서 사람의 얼굴이 각기 다르듯이, 각자의 특유의 독특한 기풍(棋風)을 관찰하는 것도 재미있다. 막역한 친구들이고, 오랜 바둑 친구들이라 심심풀이로 이 자리에서 기풍을 공개하더라도 양해해 주리라 믿는다. 왕년에는 내가 제법 앞섰지만, 이제는 모두 기량에 큰 진보가 있어 맞바둑으로 쫓아왔다.

　　포석의 스케일이 큰 김주희 JH인터 회장은 기자쟁선(棄子爭先)의 이치를 안다. 국지전보다 대세를 볼 줄 아는 잘 두는 바둑이다. 세기(細技)만 보완하면 상당히 센 바둑이 될 것이다. 독일 탱크처럼 강력한 힘으로 뚜벅뚜벅 진군해 오는 이계성 전 두산그룹 사장의 행마는 상대방에게 숨 막히는 압박감을 준다. 느림보 행마로 잃은 초반 열세를 두터움으로 후반에 만회하는 수법은 고수의 면모를 드러낸다.

　　계가바둑보다 전투바둑으로 큰 승부를 좋아하는 임종욱 전 대한전선 부회장은 상대방의 허점을 노리면서 한 펀치를 숨기고 있는 바둑이다. 전투바둑에 필수적인 수읽기 실력도 만만치 않다. 상수도 방심하다가는 낭패를 당할 정도로 싸움에 능하다.

　　사뿐한 행마와 뛰어난 감각으로 바둑판을 짜는 이원녕 전 유한양행 부사장은 재학 중 나와 많이 대국했던 친구로 속기에 능하다. 감각에 의존하다 가끔 낭패를 당하는 경우를 본다.

　　주로 정석적 반면 운용으로 신사바둑이라는 평을 듣는 홍승용 전

인하대 총장은 초중반 골고루 균형 잡힌 실력을 보여 주고 있지만, 산전수전을 겪은 괴초식 바둑을 만나면 약한 면모를 드러내기도 한다.

　기력은 위에 소개한 기우들보다 다소 약했지만, 바둑을 무척 좋아했던 황태선 전 삼성화재 사장. 그가 일선에서 물러난 후, 나는 그의 개인 사무실로 출근하다시피 하며 한판씩 하곤 했다. 얼마 후 지병이 악화되어 병원에 입원 후 퇴원하지 못하고 세상을 떠났다. 입원하기 몇 주 전까지도 그의 자택 병상에서 수담을 함께했던 애기가였다. 이 자리에 늘 함께했던 친구는 천주욱 창의력연구소 이사장, 이차복 안진회계법인 고문이었다.

　졸업 후 초기 바둑 모임에 가끔씩 얼굴을 나타내던 유성호 '지존'은 어디로 잠적해 버렸는지 소식마저 두절된 지 오래다.

직장 바둑 친구들

1973년, 한국산업은행에 입행하고 보니, 국가대표급 아마바둑계의 강자들과 그들 못지않은 소장파 실력자들이 줄줄이 대기하고 있어 산은의 국내대회 상위권 입상은 힘들지 않았다. 그중에서 고대 재학 시절 '한일 아마대항전'에 한국대표로 참석했던 최종화 6단, 세계 아마선수권대회에 출전하여 6위의 성적 올렸던 한건석 6단 그리고 연세대 대표선수 출신 피상수 5단 등 3인조가 출전하면 국내 최강급이었다.

초급 책임자 시절, 산은 바둑부 지도 사범 심종식(沈宗植) 프로 5단은 내가 대학 후배라는 인연으로 바둑부 간사를 맡아 줄 것을 권면했다. 그래서 할 수 없이 3~4년간을 맡게 되었다. 그는 나의 8년 선배로 고대 국문과 출신 엘리트 전문 기사였다.

간사는 매년 바둑부 행사 계획과 예산을 수립하는 일 외에 각종 대회의 후보 선수로 단체팀 정규 멤버 3~5인의 엔트리 중에서 유고가 생기면 대타 역할도 수행해야 하는 자리였다. 나는 실력은 다소 부족했지만 몇 차례 출전했는데 1970년대 후반, 해동화재 초청 직장바둑대회에 출전, 준우승했다. 상품으로 받은 조훈현 국수가 휘호한 바둑판은 현재 나의 애장품 중 하나이다.

한국기원본부가 관철동 산은 본점 삼일빌딩과 지척에 있어서 자연스럽게 심 사범과 함께 많은 프로 기사들과 관철동 골목의 식당과 주점을 드나들면서 교유했다.

그 당시에는 월급을 현찰로 봉투에 넣어 주던 시대였다. 그래서 매달 월급날이 되면, 심 사범은 은행으로 나오셨고, 나는 월급봉투를 챙겨 드렸다. 그날은 자연스럽게 한 수 지도받는 날이었고 나는 저녁에 술로 모셨다. 워낙 호주가(好酒家)셨으니까.

1990년대 후반 부장 시절에는 보험회사에 근무하고 있던 황원준(黃元俊) 9단의 법인보험 영업에 조그만 도움을 줄 수 있었다. 그 인연으로 오랫동안 친분을 유지해 왔었다. 바둑만 두어서는 생활이 힘들었던 당시 우리나라 바둑계의 여건을 늘 안타깝게 생각하고 있었다. '황소처럼' 뚜벅뚜벅 진군하는 힘찬 행마가 트레이드마크였던 황 프로는 과묵한 인격자였다. 황 프로의 많은 지도를 받았다.

내가 진주지점에 3년을 근무하는 중에 만난 문명근(文明根) 9단은 나의 바둑 사범이자, 객지의 외로움을 달래 주던 고마운 친구였다. 문 사범의 지도 아래 나와 같은 진주의 홀아비였던 애기가 조규정 지청장과 함께했

한국산업은행 대표선수들. 좌측 세 번째는 심종식 사범, 우측 두 번째는 필자.

전국 직장바둑대회 준우승 기념사진. 뒷줄 왼쪽부터 조훈현 9단, 중앙에는 김인 국수, 앞줄 왼쪽 첫 번째는 필자.

던 시간은 정말 즐거웠다. 바둑 두는 재미가 없었더라면, 진주 홀아비는 갖
가지 유혹으로부터 자유롭지 못했을 것이다.

1976년 봄, 문 9단이 매년 주관하는 '영호남 어린이 바둑대회'를 참
관키 위해 한국기원을 대표하여 김인 국수, 홍태선 9단과 정수현 9단 세 분
의 바둑계 명사들이 진주에 내려왔다. 대회 전날, S 한정식당의 큰 방에는
3개의 바둑판이 마련되어 있었다. 나는 그 바둑판 앞으로 가서 좌정했다.
내 옆으로 조 지청장과 진주병원 Y 원장 이렇게 세 사람의 아마추어가 한
수 지도받기 위해 대기하고 있었다. 나는 3점 접바둑 지도기였다.

나의 첫 번째 대국자는 홍태선 9단. 중반에 나의 대마가 참변을 당
했다. 일본의 가토 9단과 비견되는 한국의 '대마 킬러'로서의 면모를 유감
없이 발휘했다. 부드럽게 두지 않았던 홍 9단이 그렇게 고마울 수가 없었
다. 제대로 대마 킬러의 맛을 나에게 볼 수 있게 해 주었으니까.

다음으로 둔 김인 국수와 정수현 9단과의 바둑은 내가 느낄 수 있을
정도로 '점잖게' 두셨다. 계가바둑까지 갔지만 나의 패배였다. 비록 그날
전패를 기록했지만, 세 분의 일류 프로에게 동시에 3판을 지도받을 수 있
는 경우는 한국 바둑계에서 그리 흔치 않은 기록일 것 같았다. 아마 바둑인
으로서 큰 영광이었다.

술을 곁들인 저녁 식사 후 김인 국수 일행을 호텔로 모셨지만, 김 국
수님의 '한잔 더' 요청을 거절할 수 없었다. 일행이 다시 나와서 골목 주점
에서 밤새도록 마셨는데, 김 국수님의 주량에 탄복하지 않을 수 없었다. 그
럼에도 한점 흐트러짐 없는 자세로 털어 놓으신 비화는 우리나라 민간 외

교사의 특종감으로 아직도 내 기억에 생생하게 남아 있다.

김 국수는 중국과 국교도 수립되기 전, 대우 김우중 회장의 청에 따라 무작정 함께 중국으로 날아갔다. 그는 북경에 도착하자마자, 당시 중국에서 바둑 영웅으로 추앙받고 있던 섭위평 9단을 만나 중국의 실세 지도자와 김 회장의 면담을 좀 주선해 달라고 도움을 요청했다. 중국 서열 3위의 실력자와 면담 약속이 성사되었다는 섭 9단의 연락을 받은 것은 불과 하루 만이었다. 당시 섭 9단의 위상이 어떠했는지 짐작할 만하다.

나는 이런저런 인연으로 제법 여러 프로 기사님들을 만났던 것 같다. 그분들에게 바둑도 배우면서 교유해 보니 어떤 공통점이 있다는 것을 느꼈다.

첫째, 하나같이 자부심이 강했다. 당연하겠지, 한 해 1~2명씩 입단하는, 고등고시보다 더 힘든 바늘구멍을 통과한 천재들이었으니까. 천재들이 입단하는 것이 아니라 입단한 사람이 천재였다.

둘째, 경제적으로 여유롭지는 못한 듯했다. 바둑만 두어서는 생계가 어려웠다. 그래서 정상급의 몇몇 기사를 제외하면, 프로 중에는 투잡을 갖는 경우가 많았다. 그들은 수재급 두뇌들이라 비전공 분야에 진출해서도 출중한 실력을 나타내는 것을 볼 수 있었다.

셋째, 술이 세지 않은 프로를 보지 못했다. 대부분이 호주(好酒)이고 두주(斗酒)도 적지 않았다. 심종식 사범과는 한번 술자리를 하게 되면 3~4차쯤은 보통인데, 주로 마지막은 포장마차에서 끝을 내곤 했다. 그러나 최고의 주량에다 훌륭한 매너상은 내가 본 프로님 중에는 김인 국수께 드려야겠다.

바둑 실력도 변변치 않은 주제에, 여러 프로님들과 교유할 기회를 가질 수 있었던 것은 아마추어 바둑 애호가로서는 크나큰 영광이자 행복이었다.

바둑의 재발견

    인공지능(AI) 바둑이 등장하면서 나의 바둑에 관한 생각이 조금 흔들리고 있다. 이세돌 9단이 알파고와 대국하기 전 "저는 질 자신이 없어요"라고 큰소리친 후 무참히 패배하고 나서 그는 "이세돌이 졌지 인간이 진 것은 아니다"라고 인간을 위한 변명을 했다. 그리고 인간 최후의 보루였던 중국의 커제 9단마저도 전패로 무릎을 꿇었다. 그는 울기까지 했다. 그의 울음은 인간의 울음으로 느껴졌다.

    최근 인공지능 바둑계를 보면, 세계 랭킹 1위 알파고 외에 중국의 절예, 한국의 바둑이, 일본의 딥젠고 그리고 벨기에의 릴라제로 등 막강한 인공지능 바둑이 속속 등장하면서 인간 프로와의 실력차를 2점 또는 그 이상으로 벌려 놓았다고 한다. 이제는 세계 최정상급 기사 박정환과 신진서 프로마저도 1000만 원 씩 주고 인공지능 프로그램을 깔고 바둑을 배우고 있는 형편이다.

아니, 기도(棋道)라더니 한낱 기술(棋術)에 불과했던 것일까 하는 생각에 나의 바둑에 대한 경외심에 금이 가기 시작했다. 도(道)를 닦듯 기도에 정진했던 고금 바둑사에 위대한 족적을 남긴 도책, 수책, 오청원, 기다니 등 무수한 기성(棋聖)들의 그간의 노력은 과연 무엇이란 말인가?

아마 바둑꾼으로서는 도(道)냐 술(術)이냐 따지면서 골치 아파할 필요가 없을 것 같다. 왜냐하면, 60여 년간 바둑을 두면서 좋은 바둑 친구를 만나 나의 인생이 한층 다채로워졌고, 손자병법보다 더 다양한 인간사의 지혜를 얻었기 때문이다. 나의 삶의 현장에서 유익을 얻었다는 사실 하나만으로도, 바둑은 계속 둘 만한 가치가 있는 것이 아닐까 하고 혼자 속으로 재정리를 해 본다.

어쩌면 바둑은 재미 때문에 계속 두고 있는 것인지도 모른다. 요즘 집에서 가끔 10분짜리 인터넷 바둑을 두는데, 집중력과 순발력이 많이 떨어져 시간패 당하는 경우가 종종 일어난다. 그래서 두는 쪽보다 고수들의 실전을 감상하는 쪽을 선호하고 있다. 세월의 무게를 느낀다.

한판의 바둑은 인생의 축소판이다. 바둑을 두면서 인생을 배운다. 수담을 나눈다는 것은 인생의 지혜를 서로에게 가르치기도 하고 배우기도 하는 쌍방향 커뮤니케이션 과정인 셈이다. 그래서 기우들의 우정은 해를 더할수록 깊어지고 두터워지는 것인지도 모른다. 치매 예방에도 특효라니 오래 둘 수 있었으면 좋겠다. 나의 바둑 친구들과 함께!

5부

잊을 수 없는

골프여행

페블비치에서

     30년을 근무했던 한국산업은행에서 정년퇴임하고, 한국기업평가를 거쳐, 중소기업의 대표를 맡고 있던 2008년의 이야기다. 2005년 봄 대표를 맡은 이후, 영업 전선에서 뛰느라 또 기업공개를 준비하느라 부임 후 3년 동안 제대로 된 휴가 한번 못 가 보았던 터라, 한가한 연초에 틈을 내어 휴가를 다녀오리라 생각하면서 마땅한 후보지를 물색하고 있었다. 마침 미국 캘리포니아에 있는 페블비치 골프 사이트에 들어가 봤더니 할인 패키지 광고 하나가 떠 있었다. 2월 말로 끝난다는 비수기(Off-Season)할인 광고에 눈이 번쩍 떠졌다.

     언젠가 한 번은 가 보리라 생각만 하던 페블비치. 그곳의 골프장 3곳에서 라운드하고 골프장 내 유서 깊은 호텔인 더 롯지(The Lodge)에서 2박하는 패키지 가격이 30% 할인해서 두 사람 총 3,500불로 제시되어 있었다. 괜찮은 가격이라고 생각했다. 큰맘 먹고 인터넷으로 즉시 예약했다.

아내와 서부 여행을 겸해서 일주일 계획으로 떠났다. 샌프란시스코 공항에서 렌트카를 빌려서 페블비치까지 1번 국도를 따라 내려갔다. 하루 일찍 도착한 우리는 몬터레이 반도의 장관인 해안 도로를 드라이브한 후, 인근 호텔에 하룻밤 여장을 풀었다. 그리고 다음날 TV로만 구경했던 페블 비치 골프(Pebble Beach Golf Links) 코스의 18번 홀이 코앞에 내려다보이는 더 롯지 호텔의 해변 쪽 방으로 체크인했다.

1번 홀로 티오프 하러 아내와 나가 보니 우리와 함께 라운드할 미국 청년 두 사람이 기다리고 있었다. 그런데 이게 웬일인가. 비가 내리기 시작했다. 클럽하우스로 피신해서 보니 10여 명이 대기 중이었고, 한 시간을 기다려도 비는 계속 내렸다. 걱정이 되어 프론트에 물어봤다. '레인 체크(Rain Check)'를 발급해 준단다. 다음에 와서 칠 수 있도록 해 준다는 예약권일 뿐이다. 한국에서 온 여행객인 나에겐 별 소용이 없다고 항의하자 딴 방법은 없다고 딱 잘라 버렸다. 걱정이 쌓여 가는 중에 비가 서서히 잦아들더니 게임은 순연되어 시작되었다.

워낙 당당한 체구의 젊은 친구들과 함께 티박스에 오르니 또 은근히 걱정이 앞섰다. 장정들이라고 쫄아 있을 내가 아니었지만, 아내 때문에 신경이 쓰이는 것은 어쩔 수 없었다. 긴장된 상태에서 좋은 샷이 나올 수 없었겠지. 나도 아내도 빈타를 거듭하는 사이 두세 홀이 훌쩍 지나 버렸다. 슬며시 오기가 생기면서 자신에게 화가 났다. 명문 골프장에서 비싼 골프 치면서 이게 뭐란 말인가! 다행히 서서히 페이스를 찾기 시작했다. 부창부수(夫唱婦隨)라고 했던가. 아내도 덩달아 '또박또박' 실력이 살아나면서 선전하기 시작했다.

우리가 페이스를 찾아가자 이번에는 저쪽 젊은이들이 무너지기 시작했다. 드라이브만 장타였지 설거지가 안 되는 친구들이었다. 동서남북을 헤매기 시작하더니 우리를 부러워하는 얼굴로 쳐다보기 시작했다.

첫날 페블비치 최고의 골프장으로 알려진 Pebble Beach Golf Links 의 7번파3홀. 화이트 티가 불과 100야드 정도밖에 안 되는 짧은 거리였지만, 태평양에서 불어오는 방향을 가늠할 수 없는 강한 바람 때문에 미들 아이언을 잡고도 볼이 휘면서 왼쪽 벙커로 빠지기도 했다. 무엇보다 US오픈 대회 때마다 TV 중계로 인상 깊게 보았던 18번파5홀의 티박스에 섰을 때에는 감개무량하였다. 바다를 끼고 약간 왼쪽으로 휘는 롱홀에서는 마지막 홀이라는 생각에 최선을 다했다. 4온 2퍼트, 언제 다시 쳐 볼 수 있을까? 태평양의 거센 바닷바람의 위세에 눌렸던 첫날 라운드는 처음에는 허둥지둥, 후반에는 바람과 싸웠던 기억이 전부다.

다음 날의 파피 힐스(Poppy Hills)도 페블비치에서 손꼽히는 골프장 중 하나지만, 바다와 면하지 않은 내륙 쪽의 골프장이었다. 세 번째로 라운드한 스페니시 베이(The Links at Spanish Bay) 골프장은 차분해서 좋았다. 바닷가를 접한 골프장이었지만 바람이 잠잠해진 탓이었을까? 코스는 정감 있었고, 특히 스페인풍의 클럽하우스는 이국적 정취를 더해 주었다.

티박스로 나가 보니 나이 든 미국인 두 커플이 기다리고 있었다. 어떻게 된 거지, 6인 플레이를 하려나? 인사를 나누면서 들은 이야기로 남자

둘만 라운드하고, 부인들은 골프를 좋아하지 않기 때문에 18홀을 따라서 산책하는 것이 취미라고 했다. 60대 중반쯤으로 보이는 남자들은 젠틀했고 골프 실력은 두 사람 다 핸디가 4~5라고 했으니 준프로급이었다.

실제로 그들은 거의 매홀 정규 파온(Regualtion On)을 기록하는 놀라운 실력을 선보였고, 둘이 용호상박 하는 경기는 구경할 만도 했고 배울 점도 많았다. 부인들까지 나서서 우리의 플레이에 관심을 보여 주었고, 가끔 칭찬도 아끼지 않았다. 프로급들의 경기에 우리가 주눅 들지 않도록 배려해 주는 마음이 참으로 아름답게 느껴졌다. 골프만 한 수 배운 게 아니라 멋진 매너까지 한 수 배웠던 기분 좋은 라운드였다.

18홀을 마치고 나서, 그들은 우리를 클럽하우스 레스토랑으로 초대해 주었다. 의외였고 놀랐다. 7년 가까이 미국에서 근무하던 중 수많은 미국인과 플레이해 보았지만 이런 경우는 처음이었다. 더욱 놀라웠던 것은 세 커플이 함께한 테이블에 몇 개의 메뉴와 함께 주문한 와인 두 병이었다. 뭘 하는 사람일까 궁금해 하던 차에, 자신은 페블비치 바로 인근의 와이너리 소유주라고 소개하면서 이곳에서 나는 와인이니 마음껏 감상해 보라는 것이었다. 그리고 다른 한 명은 고등학교 교사로 은퇴했다고 소개했다. 마음씨가 무척 좋아 보이는 아저씨였다.

얘기를 하다 보니, 그들도 '한창 젊어 보이는' 코리안 커플에 대해 은근히 궁금했던 모양이었다. 나는 정년퇴직을 하고 두 번째 직장에서 바쁜 와중에 휴가차 여행 중이라고 설명했더니 깜짝 놀랐다. 서양인들은 대개 동양인들을 나이보다 어리게 보는 경향이 있다.

페블비치 코스 마지막 18번홀에서 티샷 하는 모습.

스페니시 베이 CC. 동반 라운드를 했던 미국 친구
들과. 왼쪽은 와이너리 오너, 오른쪽은 고등학교
은퇴 교사.

그들은 LA에 부동산업을 하는 한국인 친구도 있다며 우리를 상당히 우호적으로 대해 주었다. 나도 와인을 무척 좋아한다고 하자 나중에 기회가 되면 자기의 와이너리에 초대하고 싶다는 덕담까지 해 주었다. 예상치 못했던 미국인 두 부부의 친교 자리에 어울릴 수 있었던 페블비치에서의 마지막 라운드는 아름다운 기억으로 오래 남아 있다.

미시간에서

_____2011년 초, 나는 38년간의 직장 생활에서 최종 졸업하였다. 30년을 다녔던 한국산업은행에서 2003년에 했던 정년퇴직을 중간 졸업이라 한다면, 2011년 중소기업 대표로 최종 졸업하면서 느꼈던 나의 감상은 간단치 않다.

그것은 오랫동안 짊어졌던 큰 짐을 내려놓은 듯 홀가분해지는 기분이 들기도 하지만, 다른 한편으로는 허전한 마음이 있었던 것도 사실이다. 우리나라 전체 직장인들의 평균으로 보면 직장 복을 한껏 누린 사람 축에 들 터인데, 왜 그랬던 걸까?

한국산업은행을 그만둔 후, 10여 명의 직원을 둔 영세한 중소기업에서 책임을 맡은 지 서너 해 만에 100여 명이 넘는 알찬 중소기업으로 성장, 성공적인 기업공개까지 마무리했던 나의 열정과 노력의 결과가 허공을 친 듯했던 것이 한 가지 이유는 될 수 있을 것이다.

내가 허전하게 느꼈던 것은 그런 이유 때문만은 아니었다. 은퇴란 또 다른 아름다운 색깔의 희망이 기다리고 있는 '제2의 인생길'로 접어드는 것이 아닌, '인생의 뒤안길'로 사라져 버리는 것이 아닌가 하는 잘못된 편견이 크게 작용했던 것 같다.

생활 리듬이 완전히 바뀐 처음 몇 달은 홀가분함과 허전함의 급격한 변주가 연속된 나날이었다. 나는 백수 첫해에 기분전환이 필요하다고 느꼈다. 게다가 평소에는 얼굴 보기도 힘든 사람이 매일 함께하는 시간이 갑자기 늘어났기 때문인지 아내와 소소한 충돌도 생기기 시작했다. 그래서 일단 함께 여행을 떠나 보기로 했다.

때마침 미국에서 공부하는 아들의 졸업식이 다가오고 있었다. 기왕 먼 길 가는 김에 한 달 일정으로 짐을 쌌다. 여기에는 우리 두 사람의 골프 클럽이 실려 있었다.

시카고 오헤어공항에서 차를 렌트한 후 4시간을 달려 아들이 공부하고 있는 인디애나 블루밍턴에 도착했다. 인디애나대학 캠퍼스에 들어서니 그리 낯설지 않았다. 1970년대 말, 미시간주 이스트 랜싱(East Lansing)에서 공부할 당시 나와 같은 한국산업은행 연수 프로그램으로 IU의 MBA 과정에 있던 친구 장재홍을 두 차례 방문한 일이 있었기 때문이다.

졸업식을 마치고, 북쪽으로 300여 마일 떨어진 미시간주립대(MSU)로 차를 몰았다. 다시 찾은 이스트 랜싱은 마치 30여 년 시간이 정지된 것처럼 느껴졌다. 내가 여장을 풀었던 학교 정문 앞 MSU 서점 옆자리에 홀리

데이인 호텔이 들어선 것 말고는 시내의 모든 것이 한 치의 움직임도 없이 제자리를 지키고 있었다.

다만, 내가 가장 가 보고 싶었던 곳, 유학할 때 단돈 500불로 결혼식을 올렸던 교외의 조그만 교회를 다시 찾았을 때 주례자 웨슬리 목사님은 딴 곳으로 떠나고 없었다. 그러나 제 모습을 간직한 나의 독신자 숙소 오웬홀, 신혼살림을 했던 스파르탄 빌리지, 경영대학원 애플리 센터 등은 백수 1년 차의 허전하고 우울했던 기분을 달래기에 충분했다.

방문 목적이 이것만은 아니었다. 당초 서울을 떠나면서 골프클럽을 챙겨 왔던 이유는 대학 캠퍼스 내에 있는 골프장에서 라운딩을 즐겨 볼 생각에서였다. 이스트 랜싱은 도시 전체 인구가 5만 5천 명인데 이 중에서 학생만 5만 명으로 말하자면 캠퍼스 타운이었다. 어마어마하게 넓은 캠퍼스 안에는 2개의 골프장, 동코스와 서코스 36홀이 있었다.

졸업생 명부로 동문임을 확인한 후, 동코스는 20불, PGA 코스인 서코스는 40불 정도의 정말 착한 그린피는 동문으로서 특전을 누리게 해 주었다. 3주간 머물면서 양쪽 코스를 번갈아 다녔고, 미시간 북부 일대의 몇 군데 명문 코스도 섭렵했다.

아들도 간간이 합류해 3인조 라운드를 즐기면서 허전하고 우울했던 기분을 드라이브샷에 실어 미시간의 창공으로 힘껏 날렸다. 백수 초년생의 납처럼 무거웠던 마음이 어느 정도 가벼워진 것을 느끼면서 우리 세 가족은 귀국행 비행기에 올랐다.

골드코스트에서

     은퇴한 지 5년이 지난 2015년 겨울, 우리 부부에게는 장거리 여행 한 번 다녀올 만큼의 항공 마일리지가 남아 있었다. 공짜 비행기표가 확보되어 있으니 어디로 갈 것이냐 하는 문제만 남았다.

     마일리지 유효기간이 얼마 남지 않았기에 일단 소진을 위해서는 장거리 여행 후보지를 찾아야 했고, 기왕이면 가 보지 못했던 곳 중에서 물색해 보기로 했다. 여행지는 관광보다는 골프 여건을 우선으로 고려하기로 했다. 그래서 나온 답이 호주였다. 미답지였던 호주는 장거리 여행지일 뿐 아니라 세계적인 골프 천국이었기 때문이다.

     시드니에서 서쪽 끝 퍼스(Perth)까지 약 4,500km, 서울~부산 거리의 10배가 넘는 광활한 대륙을 두루 돌아볼 생각은 애당초 없었다. 골프와 느긋한 체류형 휴식이 주목적이었고 기왕에 멀리까지 갔으니 필답 관광 코스 몇 군데만 둘러보겠다는 것이 나의 호주 여행의 대강의 일정이었다.

세상 참 많이 좋아졌다. 서울 우리 집 PC에서 구글 지도의 항공 사진을 이용하면 골드코스트를 한눈에 볼 수 있다. 골프장의 위치와 레이아웃을 확대해서 보고, 해당 골프장의 홈페이지에 들어가 세부 사항을 확인한 후에 10개를 선정해서 예약했다. 숙소에서 반경 약 10km 내에 있는 골프장의 할인권(voucher)을 인터넷으로 구입한 후 스마트폰에 담아 온 바우처를 해당 골프장에 가서 제시하기만 하면 되었다.

2015년 12월 15일, 서울을 출발, 보름간 시드니와 뉴질랜드 남섬 여행을 마치고, 시드니 북쪽에서 약 900km 떨어진 골드코스트(Gold Coast)공항에 도착했던 것이 2016년 1월 1일이었다. 우리는 공항에서 예약한 렌트카를 픽업해서 구글 지도를 따라 예약해 두었던 민박집을 찾아갔다.

맞이해 주는 여자 주인은 예약 때 민박집 홈페이지에서 보았던 미모의 흔적은 남아 있었지만, 얼굴에는 병색이 완연했다. 남자 주인의 모습은 보이지 않았다. 먼저 들어온 손님 얘기로는 남편과는 별거 중이었고 우울증이 심해서 아주 신경질적이라는 것이었다. 남편이 이 지역 한인 골프계에서 고수급이라는 홈페이지의 소개를 보고 같은 값이면 하고 정했던 집인데, 명주를 고르다 삼베를 잡은 셈이었다.

민박집에 머물면서, 호주 청정우 최고 등급을 직접 요리해서 값싸고 질 좋은 호주 와인과 곁들인 그 맛이란 황홀하다. 1~2월의 강렬한 골드코스트의 태양 아래서 운동하는 데 필요한 에너지를 경제적으로 보충할 수 있는 최상의 방법이기도 했다. 집주인 잘못 만나서 고생은 했지만, 서울에서 예약했던 대로 한 달의 체류 기간 동안 10개의 골프장에서 총 16회의 라운드를 차질없이 소화했다.

전부 특색 있는 골프장이었고, 가는 곳마다 동계 전지훈련을 하고 있던 유명, 무명의 한국의 남녀 프로 선수들을 만날 수 있었다. 이들 중에서 우연한 기회에 귀한 분들을 만난 2곳의 골프장에 관해서만 간단히 소개하겠다.

하나는, 동계 전지훈련 차 호주에 온 최혜진 아마 국가대표 선수를 만났던 RACV(Royal Pines Resort)다. 이곳은 양희영 선수가 2006년 ANZ Ladies Masters 대회에서 16세 아마추어로 우승하면서 세계 최연소 기록을 세웠던 곳으로, 이 지역 최고의 명문 코스 중 하나이다.

골프샵에 들렀더니 한국인이 등록을 하고 있었다. 나도 바로 뒤 팀으로 등록했다. 인사하고 보니, 최혜진 아마 선수의 아버지였다. 덕분에 최 선수의 플레이를 바로 뒤 팀으로 따라가며 구경할 수 있는 행운을 얻었다. 최 양의 뒷바라지에 "등골이 휜다"라고 한 부산 사투리의 최혜진 선수 부친의 말에 짠한 마음이 들었는데, 요즘 펄펄 나는 최혜진 선수를 보며 마음의 응원을 보내고 있다.

또 한 곳은, Palmer Colonial이라는 골프장으로, 우리 부부가 티박스에 올라가 준비하던 순간, 새하얀 백발의 노인이 혼자서 풀카트를 끌고 오고 있었다. 가까이서 보니 한국인이었다. 멤버라고 하시기에 조인해서 플레이했다. 당시 나이 83세의 노익장께서는 건강을 위해 매일 카트를 끌고 혼자 18홀을 돈다는 말씀에 무척 놀랐다.

몇 홀을 돌다가, 한국 사람끼리 처음 만나면 흔히 하는 족보 캐기를 시작했다. 내가 금융 기관에서 은퇴했다고 두리뭉실하게 신고했더니 어느 은행이냐고 물으셨다. 한국산업은행이라고 대답하자 크게 반색하시며 바로 이○○을 아느냐고 물으셨다. 이번에는 내가 깜짝 놀랐다. 그 어르신은 바로 나의 직장 동료의 형님이었기 때문이다. 10여 년 전 가족들과 이민 와서 사신다고 하셨다. 그리고 나서 운동 중에 황급히 댁으로 전화하시더니 부인께 시원한 콩국수를 준비하라는 특명을 내리셨다. Palm Meadow라는 골프장 안에 있는 댁은 그림 같은 타운 하우스로, 얼떨결에 따라가서 대접받았던 무더운 여름날의 콩국수 한 그릇에 김치는 천하진미였다. 호주 여행을 마치고 떠나기 전날, 흩어져 사는 가족을 불러 모아 성대한 송별 파티를 열어 주시던 노익장 오옹께서 늘 건강하시길 기원한다.

10여 분만 드라이브하면, 서핑족들의 천국인 골드코스트 해변의 끝없이 펼쳐진 하얀 모래사장과 보기만 해도 마음을 시원하게 해 주는 파도, 하루 종일 바라봐도 질리지 않을 광활한 바다는 기억에 남아 있다.

2016년 새해 한 달을 골드코스트에서 보내고 2월 초 귀국했다. 아무 연고도 없는 호주 여행은 출발 전부터 세심하게 준비했다. 특히 백수의 여행임을 감안하여 경제적인 부분에 많은 노력을 기울였다. 독창적인 여행계획에 따라 차질 없이 즐기고 돌아온 우리 부부가 앞으로 있을 새로운 여행 프로그램 개발에 대한 자신감을 갖게 되었음은 물론이다.

골드코스트 골프장에서 만난 최혜진 아마추어 국가대표 선수와 함께.

오 선생님 댁에 초대받아 먹은 시원한 콩국수와 김치는 천하일미였다.

～～～인생이란 어쩌면 축복의 사건이 가끔씩 시련과 불행의 탈을 쓰고 우리에게 다가오는 시간표인지도 모른다. 나의 경우에도 뉴욕에 부임한 지 1년 만에 IMF 사태의 여파로 회사 문을 닫고 조기 귀국할 수밖에 없었던 불행이 결과적으로는 나와 동료들의 생명을 구해 준 축복의 사건으로 드러났던 사례만 있었던 것이 아니다. 감사해야 할 시간에 탄식하고 있었던 사례들이 말이다.

내가 왕복 20리 산길을 12년 동안 걸어서 통학할 때의 그 완행열차처럼 더디게 흘러가던 시간은 나 자신과 대화하면서 인내심을 단련시킬 수 있었던 귀한 시간이었을 뿐 아니라, 별 운동도 하지 못하고 지내는 지금 나의 다리에 힘을 유지할 수 있도록 근육을 만들어 준 고마운 시간이기도 했다. 이러한 사례는 수없이 많다. 우리는 이러한 경험을 늘 하면서도 어려움이 닥치면 쉽게 무너지고 만다. 시련의 의미를 믿음의 눈으로 깨달을 수 있는 지혜의 길은 멀기만 해 보인다.

나 같은 촌자를 오늘 여기까지 이끌어 주신 하나님께 감사드린다. 나는 이쪽을 도모하였으나 하나님은 저쪽으로 성취케 해 주셨다. 하나님은 우리가 원하는 것을 주시는 게 아니라 우리에게 필요한 것을 주신다는 것을 깨닫게 해 주셨다. 그렇게 보면, 행과 불행은 인간들이 자기의 기준으로 만들어 낸 허상일 수도 있지 않을까 하는 생각도 든다.

3대째 믿음을 이어 온 아내를 만나 우리 집도 믿음의 가정을 이루게 해 주신 하나님께 감사드리며, 보행상의 장애를 가지고 있는 남편을 선택하고 이제껏 살아오면서 조금도 부끄러워하지 않는 아내를 보면서 나는 내적 힐링을 경험하고 있다. 이것은 최근 건강상의 문제로 큰 어려움을 겪고 있는 그녀를 위한 기도로 보답할 생각이다.